EL HORLA
y otras fantasías macabras

EL HORLA
y otras fantasías macabras

GUY DE MAUPASSANT

Edición y traducción de Marco Picazo

Primera edición: abril de 2023

© Blaugast Ediciones, 2023.

© Marco Picazo, por la traducción e introducción, 2023

ISBN 9798390037454

Quedan prohibidos, dentro de los límites, por la traducción establecidos en la ley y bajo los apercibimientos legalmente previstos, la reproducción total o parcial de esta obra por cualquier medio o procedimiento, ya sea electrónico o mecánico, el tratamiento informático, el alquiler o cualquier otra forma de cesión de la obra sin la autorización previa y por escrito de los titulares del copyright

Para Fran, apasionado modernista, ad diem natalem suum, porque como ya dijo Marco Tulio, ...ut conclave sine libris...

Índice

El Horla   1
La mano disecada   33
Sobre el agua   39
El miedo   47
El lobo   55
Aparición   63
¿Él?   71
La tumba   83
El albergue   89
La muerta   105
¿Quien sabe?   111

El autor

René Albert Guy de Maupassant (Dieppe, 5 de agosto de 1850 - París, 6 de julio de 1893) fue y sin duda sigue siendo uno de los mas grandes escritores de historias cortas de la literatura universal, honor que compartiría igualmente con otras tantas luminarias de la talla de Anton Chejov o Jorge Luis Borges. Nacido, aunque todavía existan disputas sobre su verdadero lugar de nacimiento, en Dieppe, en el seno de una familia acomodada de la mediana aristocracia, disfrutó desde muy temprana edad, y gracias a la influencia de su madre, un contacto directo con las lenguas clásicas y el mundo de las letras. Amigo desde la infancia del escritor Gustave Flaubert, éste lo tomó bajo su protección y pronto se convirtió para el joven Guy, en una figura paternal hasta el punto de suscitar los rumores de una supuesta paternidad en las malas lenguas de los salones parisinos. Gracias a Flaubert, Maupassant pudo abrirse camino en los círculos literarios de la época y llegaría a entablar amistades duraderas con escritores reconocidos tales como Iván Turguénev o Emile Zola el cual lo introdujo en la naciente corriente naturalista.

Se alistó en la guerra Franco-Prusiana durante 1871 lo que le proporcionó material para muchos de sus relatos tales como el perturbador *'Deux amis'* (1882) o para una de sus mayores obras maestras *'Boule de suif'* (1880). Regresó a París al año siguiente donde compaginó su trabajo de funcionario público con el de escritor de relatos los cuales comenzaron a aparecer en los periódicos mas destacados de la época como Gil Blas, Le Gaulois o Le Figaro. Tras estas primeras incursiones en el terreno literario, y después de una gran acogida de público, Maupassant las siguió con su primera novela *'Une vie'* en 1883 y más tarde por uno de sus éxitos mas reconocidos, la novela *'Bel ami'* en 1885.

Mostró desde siempre una aversión a las relaciones sociales y al matrimonio en particular, aspectos de su personalidad que se reflejan claramente en algunas de sus historias donde sus personajes son célibes por vocación o aspiran a la soledad y al aislamiento social. Sin embargo, a pesar de su opinión al respecto, fue un afamado mujeriego que llegó a engendrar tres hijos no reconocidos, hecho que sólo salió a la luz después de su muerte.

Poco a poco, desarrolló un deseo de soledad constante acrecentado por la paranoia y el miedo causados por la sífilis e intentó suicidarse cortándose la garganta el 2 de enero de 1892 siendo internado en el manicomio de Passy en París. Fue en este lugar, donde finalmente sucumbió a la enfermedad el 6 de julio de 1893.

Está enterrado en el cementerio de Montparnasse en París.

Como escritor sigue siendo reconocido como uno de los más importantes escritores de la escuela naturalista, quizás siguiendo los pasos de sus más eminentes mentores.

De su extensa producción literaria: seis novelas, alrededor de trescientos cuentos, seis obras de teatro y una antología poética, destacan los relatos ya mencionados como *'Bola de sebo'* que fue la inspiración de la película de John Ford *'La diligencia'*, o *'El collar'*, su mas apreciada historia. Cultivó, asimismo, el terreno de la literatura macabra llegando a estar a la altura de Edgar Allan Poe los que constituyen el núcleo de la presente colección.

Maupassant es capaz de evocar con prosa sencilla, y a menudo con cierto sentido del humor, el temor a la locura y a lo sobrenatural, los cuales no se manifiestan abiertamente sino que siguiendo la costumbre naturalista, se nos muestran a través de la psique de los protagonistas. Los temas principales de estas historias son pues la constante obsesión por la muerte y la locura, casi como reacciones catárticas a la propia vida del autor de cuyas experiencias se sirvió.

'El Horla', el relato que da nombre a esta colección, se ha citado regularmente como una inspiración de los mitos de Cthulhu. Lovecraft la considera en su estudio sobre lo sobrenatural como 'una tensa narración sin parangón' y la obra, considerada como una de sus obras maestras, anunciando ya los terrores de la literatura del siglo XX, ha inspirado a generaciones de artistas a crear mundos similares y que aún continua siendo unas de las más intensas exploraciones de lo irracional. Como muestra de la huella dejada en las generaciones de escritores posteriores hemos incluido el relato 'El albergue' que se suele citar como inspiración de 'El resplandor' de Stephen King y con el que encierra abundantes similitudes.

Los once cuentos seleccionados para esta edición de ninguna manera representan la variedad de paisajes y visiones macabras de Guy de Maupassant. Incluso tan sólo escogiendo los más claramente siniestros, hemos optado por dejar fuera las historias que aunque también presentan tintes sobrenaturales pertenecen asimismo a otros géneros tales como el costumbrismo, el policial o son simplemente satíricos. Aún así, instamos al lector a recorrer la totalidad de sus historias y sumergirse, a través de una experiencia única, en una de las mentes más fascinantes de la literatura universal.

Para las traducciones, nos hemos servido de las colecciones citadas en la siguiente bibliografía, publicadas por los editores P. Ollendorff (*Le Horla, Les sœurs Rondoli, La main gauche*), Victor-Havard (*La maison Tellier, L'inutile beauté*), Rouveyre et G. Blonde (*Les contes de la bécasse*), Monnier (*Claire de lune*), en la biblioteca nacional francesa y a través de las ediciones digitales en su página web Gallica.

W.P.

Datos bibliográficos

El Horla *(Le Horla), Publicado por primera vez en la colección que lleva su nombre, 'Le Horla' (pp. 1-68), del 25 de mayo de 1887.*

La mano disecada *(La main d'écorché). Publicado en L'Almanach lorrain de Pont-à-Mousson en 1875, bajo el seudónimo de Joseph Prunier.*

Sobre el agua *(Sur l'eau) Publicado originalmente con el titulo 'En canot' en Le Bulletin français el 10 de marzo de 1876, y mas tarde aparecido en la colección 'La maison Tellier' (1881, pp. 67-82), en mayo de 1881.*

El miedo *(La peur). Aparecido en Le Gaulois del 23 de octubre de 1882, y después recogido en la colección 'Les contes de la bécasse' (1883, pp. 83-100).*

El lobo *(Le loup). Publicado en Le Gaulois el 14 de noviembre de 1882, mas tarde en la colección 'Clair de lune' (1883, pp. 33-42).*

Aparición *(Apparition). Publicado en Le Gaulois el 4 de abril de 1883, recogido igualmente en la colección 'Clair de lune' (1883, pp. 133-145).*

¿Él? *(Lui?) Publicado en Gil Blas el 3 de julio de 1883, bajo el seudónimo Maufrigneuse, recogido en la colección 'Les sœurs Rondoli' (1884, pp. 101-118).*

La tumba *(La tombe). Publicado en Gil Blas el 29 de julio de 1884, bajo el seudónimo Maufrigneuse.*

El albergue *(L'auberge). Publicado en Les Lettres et les Arts el 1 de septiembre de 1886, mas tarde en la colección 'Le Horla' (1887, pp. 287-322).*

La muerta *(La morte). Publicado en Gil Blas el 31 de mayo de 1887, y después recogido en la colección 'La main gauche' (1889, pp. 301-315).*

¿Quien sabe? *(Qui sait?) Publicado en L'Écho de Paris el 6 de abril de 1890, y mas tarde en la colección 'L'inutile beauté' (1890, pp. 303-338).*

El Horla
(LE HORLA, 1887)

8 de mayo[1]. ¡Qué día tan espléndido! Pasé toda la mañana tumbado en la hierba frente a mi casa, bajo el enorme plátano que la cubre, la cobija y le da sombra por completo. Me gusta esta región y me gusta vivir aquí porque aquí tengo mis raíces, esas raíces profundas y delicadas que atan a un hombre a la tierra donde han nacido y muerto sus antepasados, que lo unen al pensamiento y a lo que se come, tanto a las costumbres como a los alimentos, a las expresiones locales, las entonaciones de los campesinos y a los olores de la tierra, de los pueblos y del mismo aire.

Me gusta la casa donde crecí. Desde mis ventanas veo el Sena que fluye detrás del camino a lo largo de mi jardín, casi dentro de mi casa. El ancho y largo Sena que va desde Ruan[2] al Havre cubierto de barcos que lo navegan.

A la izquierda, allá lejos, Ruan, la gran ciudad de tejados azules, bajo la multitud puntiaguda de sus campanarios

---
1 Se ha sugerido que el nombre 'Horla', es un compuesto de las palabras francesas 'hors' (fuera) y 'là' (allá) con lo que su traducción sería 'El de fuera' o 'el extraño'
2 Ruan (Rouen) es una ciudad del noroeste de Francia, capital de Normandía y del departamento de Sena Marítimo.

góticos. Son innumerables, delicados o vastos, dominados por la aguja de hierro fundido de la catedral y poblados de campanas que resuenan en el aire azul de las hermosas mañanas, arrojando hacia mí su suave y lejano zumbido de hierro, su canto de bronce que la brisa me trae, unas veces fuerte y otras más débilmente, dependiendo de si la brisa se despierta o se duerme.

¡Qué buen tiempo hacía esta mañana!

Alrededor de las once, desfiló frente a mi ventana un largo convoy de barcos arrastrados por un remolcador del tamaño de una mosca y que jadeaba con dificultad vomitando un humo espeso.

Detrás de dos goletas inglesas, cuya bandera roja ondeaba contra el cielo, apareció un soberbio velero brasileño, todo blanco, admirablemente limpio y reluciente. Lo saludé, no sé por qué, del placer que sentí al verlo.

12 de mayo. Desde hace unos días tengo un poco de fiebre, me siento indispuesto o más bien triste.

¿De dónde vendrán estas influencias misteriosas que cambian nuestra alegría en desánimo y nuestra confianza en angustia? Se diría que el aire, el aire invisible, está lleno de Poderes impenetrables cuya misteriosa proximidad experimentamos.

Me despierto lleno de alegría, con ganas de cantar a voz en grito. ¿Por qué? Bajo a la costa y de repente, después de un corto paseo, vuelvo a casa afligido, como si me esperase alguna desgracia. ¿Por qué? ¿Será tal vez un escalofrío el que, rozando mi piel, haya sacudido mis nervios y ensombrecido mi alma? ¿Será la forma de las nubes, o el color del día, o el color de las cosas, tan variable, el que pasando ante mis ojos, haya turbado mis pensamientos? ¿Quien sabe? Todo lo que nos rodea, todo lo que vemos sin mirar, todo lo que rozamos sin conocer, todo lo que tocamos sin palpar, todo con lo que nos topamos sin distinguir, tiene sobre nosotros, sobre nuestros órganos y a través de ellos, sobre nuestras ideas y sobre nuestro corazón mismo, efectos rápidos, sorprendentes e inexplicables.

¡Cuán profundo es este misterio de lo Invisible! No podemos sondearlo con nuestros pobres sentidos; con nuestros ojos que no perciben ni lo demasiado pequeño ni lo demasiado grande, ni lo que está demasiado cerca ni lo que se encuentra demasiado lejos, ni los habitantes de una estrella ni los habitantes de una gota de agua. ... Tampoco con nuestros oídos que nos engañan porque nos transmiten las vibraciones del aire con notas sonoras. Son como hadas que realizan el milagro de convertir el movimiento en sonido y que por esta metamorfosis, crean la música que hace cantar al mudo alboroto de la naturaleza... Con nuestro olfato, más débil que el del perro... Ni con nuestro gusto, ¡que apenas puede discernir la edad de un vino!

¡Ay! Si tuviéramos otros órganos que hicieran otros milagros a nuestro favor, ¡cuántas más cosas podríamos descubrir a nuestro alrededor!

16 de mayo. ¡Estoy definitivamente enfermo! ¡Con lo bien que me encontraba el mes pasado! Tengo fiebre, una fiebre atroz o más bien un nerviosismo febril que hace que mi alma esté tan enfermo como mi cuerpo. Tengo constantemente esta sensación espantosa de que un peligro me amenaza, la aprensión de que una desgracia se avecina o de la muerte que se acerca. Un presentimiento que es sin duda el ataque de un mal aún desconocido que se está gestando en la sangre y en la carne.

18 de mayo. Acabo de ir a ver al médico porque ya no podía dormir. Me ha encontrado el pulso acelerado, las pupilas dilatadas y los nervios alterados pero sin ningún síntoma alarmante. Tengo que someterme a duchas y beber bromuro de potasio.

25 de mayo. ¡Ningún cambio! Mi condición es realmente extraña. A medida que se acerca la tarde me invade una ansiedad incomprensible, como si la noche escondiera para mí una amenaza terrible. Ceno rápido, luego trato de leer pero no entiendo las palabras, apenas distingo las letras. Camino entonces de un lado a otro de mi salón bajo la angustia de un temor confuso e insoportable, el temor al sueño y a la cama. Sobre las diez subo a mi habitación. Apenas entro, doy dos vueltas de llave y echo los cerrojos. Tengo miedo... ¿pero de qué?... hasta ahora no había tenido miedo de nada... Abro los armarios, miro debajo de la cama. Escucho... Escucho... ¿qué?... ¿No es extraño que un simple malestar, una alteración de la circulación tal vez, la irritación de una red nerviosa, un poco de congestión, que una perturbación tan pequeña en el funcionamiento imperfecto y delicado de nuestra máquina viviente pueda volver melancólico al más feliz de los hombres y cobarde al más valiente? Luego me acuesto y espero el sueño como quien espera al verdugo. Lo espero con el terror de su venida, mi corazón palpita y mis piernas tiemblan y todo mi cuerpo se estremece en el calor de las sábanas hasta el momento en que de pronto caigo en él como quien cae en un abismo de agua estancada para ahogarse. No siento venir, como antes, ese sueño traicionero que se esconde cerca de mí, que me vigila, que me agarra por la cabeza, que me cierra los ojos aniquilándome.

 Duermo un buen rato, dos o tres horas y luego un sueño, o mejor dicho una pesadilla, se apodera de mí. Siento que estoy acostado y que duermo... lo siento y lo sé... pero también siento que alguien se acerca, que me mira y que me toca, que se sube a la cama y se arrodilla sobre mi pecho, que toma mi cuello entre sus manos y aprieta... aprieta... con todas sus fuerzas para estrangularme.

Yo lucho, sujeto por esa impotencia atroz que nos paraliza en los sueños. Quiero gritar... pero no puedo. Quiero moverme... pero no puedo. Intento con esfuerzos espantosos, jadeando, de darme la vuelta, de hacer retroceder a este ser que me aplasta y que me asfixia, ¡pero no puedo!

Y de repente, angustiado, me despierto cubierto de sudor. Enciendo una vela. Estoy solo.

Después de esta crisis, que se repite todas las noches, por fin puedo dormir, en calma, hasta el amanecer.

2 de junio. Mi condición ha empeorado aún más. ¿Qué es lo que tengo? El bromuro no hace nada, las duchas no sirve para nada. Hace un rato, para cansar el cuerpo, ya tan cansado sin embargo, salí a caminar por el bosque de Roumare[3]. Al principio pensé que el aire fresco, ligero y suave, lleno de olor a hierba y hojas, vertía una sangre nueva y una energía nueva en mis venas y en mi corazón. Avancé por una gran coto de caza y luego giré hacia La Bouille[4], por una alameda estrecha entre dos ejércitos de árboles de gran altura que formaban un espeso techo verde, casi negro, entre el cielo y yo.

De repente me invadió un escalofrío. No un escalofrío de frío, sino un extraño escalofrío de angustia.

Apreté el paso, preocupado por estar solo en este bosque, tontamente asustado y sin razón por la profunda soledad. De repente me pareció que me seguían, que alguien caminaba pisándome los talones, muy cerca, tocándome.

Me giré bruscamente. Estaba solo. No vi tras de mí más que la recta y ancha alameda, vacía, alta, terriblemente vacía que por el otro lado se extendía igualmente aterradora hasta perderse de vista.

---
3 *Bosque al oeste de Ruan, en la comuna de Canteleu. Es un sitio popular entre familias para pasear y observar a los ciervos.*
4 *Pequeña población rodeada de bosques en un meandro del Sena a 18 km de Ruan.*

Cerré los ojos. ¿Por qué? Y empecé a dar vueltas sobre mis talones, rápidamente, como un trompo. Casi estuve a punto de caer. Abrí los ojos. Los árboles bailaban, la tierra flotaba y tuve que sentarme. Entonces, ¡ay! ¡Ya no supe por dónde había venido! ¡Extraña idea! ¡Extraña! ¡Extraña idea! No sabía nada. Salí por el lado de mi derecha y regresé a la avenida que me había llevado hasta el medio del bosque.

3 de junio. La noche ha sido horrible. He decidido ausentarme por algunas semanas. Sin duda, un pequeño viaje, me tranquilizará.

2 de julio. He vuelto. Estoy curado. Además, hice una excursión encantadora, visité el Monte Saint-Michel que no conocía.

¡Qué espectáculo cuando uno llega a Avranches al caer la tarde como hice yo! La ciudad se encuentra en una colina y me dirigieron al parque público, al final de la población. No pude evitar un grito de admiración al verlo.

Ante mí se extendía, hasta donde alcanzaba la vista, una bahía inmensa entre dos costas abiertas que se perdían a lo lejos en las brumas. En medio de aquella inmensa bahía amarilla, bajo un cielo dorado y claro, se alzaba una monte extraño, oscuro y puntiagudo en medio de las arenas. El sol acababa de desaparecer y en el horizonte aún resplandeciente se dibujaba el perfil de esta roca fantástica que lleva en su cima un fantástico monumento.

Al amanecer fui hacia él. La marea estaba baja como la noche anterior y vi a medida que me acercaba levantarse frente a mí la sorprendente abadía. Después de varias horas de caminata llegué al enorme bloque de piedra en cuya cima se halla la pequeña población dominada por la gran iglesia. Al subir la estrecha y empinada calle, entré en la morada gótica más admirable jamás construida para Dios en la tierra, tan vasta como una ciudad, llena de espacios bajos aplastados bajo las bóvedas y altas galerías sostenidas por delicadas columnas. Entré en esta gigantesca joya de granito, tan ligera como un encaje, cubierta de torres y de esbeltos pináculos por donde ascendían escaleras retorcidas que lanzaban al cielo azul de los días, y al cielo negro de las noches, sus extrañas cabezas erizadas de quimeras, diablos, bestias fantásticas y de flores monstruosas que se unían entre sí por finos arcos labrados.

Cuando estaba en la cumbre, le dije al monje que me acompañaba

—Padre, ¡qué bien se debe de estar aquí!

—Hace mucho viento, señor—me respondió y nos pusimos a hablar viendo crecer el mar que ya corría sobre la arena y la cubría con una coraza de acero.

Entonces el monje me contó historias, todas las historias antiguas de este lugar, leyendas, siempre leyendas.

Uno de ellas me impactó realmente. La gente de la región, los de la montaña, dicen que escuchan hablar de noche en las arenas y luego se oyen dos cabras balar, una con voz fuerte y la otra con voz más débil. Los incrédulos afirman que se trata de los gritos de las aves marinas que a veces suenan como balidos y a veces como lamentos humanos pero los pescadores rezagados juran haber encontrado, merodeando sobre las dunas, entre dos mareas y en torno al pequeño pueblo tan alejado del mundo, a un viejo pastor cuya cabeza nunca se ve ya que siempre está cubierta con su capa y que conduce, paseando delante de ellos, a una cabra con cara de hombre y una cabra con cara de mujer, ambas con largos cabellos blancos y que hablan sin cesar discutiendo en un idioma desconocido y que luego de repente dejan de hablar y balan con todas sus fuerzas.

—¿Y usted lo cree? —Pregunté al monje.

—No lo sé —susurró.

—Si existieran en la tierra otros seres además de nosotros —continué—, ¿cómo no los habríamos conocido desde

hace tiempo?, ¿Cómo es posible que no los hayamos visto ni usted ni yo?
—¿Acaso vemos la centésima parte de lo que existe? —me respondió—. Mirad, he aquí el viento que es la mayor fuerza de la naturaleza, que derriba a los hombres, los edificios, que arranca los árboles, eleva el mar en montañas de agua, destruye los acantilados y arroja las grandes naves a los rompientes. El viento que mata, que silba, que gime, que ruge, ¿lo ha visto o puede usted verlo? Sin embargo, existe.

Guardé silencio ante aquel simple razonamiento. Este hombre era un sabio o quizás un tonto. No podía estar seguro, pero me quedé callado. Lo que había dicho, ya lo había pensado yo a menudo.

3 de julio. He dormido mal. Hay aquí ciertamente una influencia febril porque mi cochero sufre la misma enfermedad que yo. Cuando llegué a casa ayer, noté su particular palidez.

«—¿Qué te pasa Juan? —le pregunté.

»—No puedo descansar señor, las noches se comen los días. Desde la partida de señor parece que padezco una especie de hechizo.»

Sin embargo, los otros sirvientes están bien, aunque yo tengo mucho miedo de una recaída.

4 de julio. Decididamente he vuelto a recaer ya que han vuelto mis viejas pesadillas.

Anoche sentí que alguien se agachaba sobre mí y que con su boca sobre la mía, bebía mi vida a través de mis labios. Sí, la sacaba de mi garganta como una sanguijuela. Luego se levantó, saciado y me desperté tan magullado, roto y devastado que no podía moverme. Si esto continúa unos días más, definitivamente volveré a marcharme.

5 de julio. ¿He perdido la razón? ¡Lo que pasó anoche es tan extraño que mi cabeza se estremece cuando pienso en ello!

Como hago ahora todas las noches, había cerrado la puerta con llave, luego, teniendo sed, bebí medio vaso de agua y noté por casualidad que mi jarra estaba llena hasta el tapón.

Luego me fui a la cama y caí en uno de mis espantosos sueños del cual desperté después de unas dos horas por una sacudida aún más terrible.

Imaginen un hombre que duerme, que está siendo asesinado y que despierta, con un cuchillo en los pulmones, que gime cubierto de sangre, que ya no puede respirar y que siente que va a morir sin comprender lo que ha sucedido.

Habiendo recobrado finalmente el juicio, volví a tener sed. Encendí una vela y me acerqué a la mesa donde estaba mi jarra. La levanté inclinándola sobre mi vaso y no cayó nada. ¡Estaba vacía! ¡Estaba completamente vacía! Primero, no entendí nada, entonces, de repente, sentí una emoción tan terrible que tuve que sentarme o mejor dicho, ¡me desplomé sobre una silla! ¡Me enderecé de un salto para mirar a mi alrededor! Luego volví a sentarme lleno de asombro y terror mirando el cristal transparente. Lo miré fijamente tratando de adivinar.

¡Me temblaban las manos! ¿Quién se había bebido esta agua? ¿Quién? ¿Yo? ¿Yo, sin duda? ¿Sólo podría haber sido yo? Entonces… era sonámbulo y vivía sin saberlo esta misteriosa vida doble que hace dudar si hay dos seres en nosotros o si un ser extraño, incognoscible e invisible, anima a veces, cuando nuestra alma está dormida, nuestro cuerpo cautivo que le obedece como a nosotros y más que a nosotros mismos.

¡Ay! ¿Quién comprenderá mi abominable angustia? ¡Quién comprenderá la emoción de un hombre cuerdo, totalmente despierto, lleno de razón y que mira horrorizado, a través de una jarra con un poco de agua que ha desaparecido mientras dormía! Y me quedé allí hasta el amanecer, sin atreverme a volver a la cama.

6 de julio. Me estoy volviendo loco. Se han bebido toda mi jarra otra vez anoche o tal vez ¡me la bebí yo! ¿Pero soy yo? ¿Soy yo? ¿Quién podría ser? ¿Quién? ¡Oh! ¡Dios mío! ¡Me estoy volviendo loco! ¿Quién me salvará?

10 de julio. Acabo de hacer unas pruebas sorprendentes. ¡Claramente, estoy loco! ¡Y sin embargo…!

El 6 de julio, antes de acostarme dejé en mi mesa vino, leche, agua, pan y fresas.

Se bebieron, o me bebí, toda el agua y un poco de leche. No han tocado el vino, el pan o las fresas.

El 7 de julio repetí la misma prueba, que dio el mismo resultado.

El 8 de julio retiré el agua y la leche. No tocaron nada.

Finalmente, el 9 de julio, volví a poner en mi mesa sólo el agua y la leche, cuidando de envolver las botellas en muselinas blancas y atar los corchos. Luego me froté los labios, la barba, las manos con mina de lápiz y me fui a la cama.

El sueño irresistible se apoderó de mí seguido pronto por el atroz despertar. No me había movido, ni mis sábanas estaban manchadas. Corrí a mi mesa. Las telas que envolvían las botellas habían permanecido inmaculadas. Desaté los cordones temblando de miedo. ¡Se habían bebido toda el agua y toda la leche! ¡Ay! ¡Dios mío!...

Saldré ahora mismo para París.

12 de julio. París. ¡Había perdido la cabeza en los últimos días! Debo haber sido el juguete de mi imaginación nerviosa, a menos que sea realmente sonámbulo o que haya sufrido una de esas influencias notorias, pero hasta ahora inexplicables a las que la gente llaman sugestión. En cualquier caso, mi pánico bordeaba la locura y veinticuatro horas en París fueron suficientes para ponerme de nuevo en pie.

Ayer, después de unas compras y visitas que me llenaron el alma de un aire nuevo y tonificante, terminé mi velada en el Théâtre-Français[5]. Allí se representaba una obra de Alejandro Dumas hijo y este espíritu despierto y poderoso completó mi curación. Ciertamente, la soledad es peligrosa para las mentes activas. Necesitamos personas a nuestro alrededor que piensen y hablen. Cuando estamos solos durante mucho tiempo llenamos el vacío de fantasmas.

Regresé al hotel muy contento, por los bulevares. En compañía de la multitud, pensé, no sin ironía, en mis terrores, en mis suposiciones de la semana anterior, porque creí, sí, había creído que bajo mi techo vivía un ser invisible. ¡Cuán débiles y desconcertadas están nuestras cabezas y que rápidamente pierden el rumbo tan pronto como nos impresiona un pequeño hecho incomprensible!

En lugar de concluir con estas simples palabras: "No lo entiendo porque no conozco la causa", inmediatamente imaginamos misterios espantosos y poderes sobrenaturales.

14 de julio. Día de la República. Di un paseo por las calles. Los petardos y las banderas me divirtieron como a un niño. Sin embargo, es muy estúpido lo de tener que alegrarse en una fecha concreta por decreto del gobierno. El pueblo es un rebaño imbécil, a veces estúpidamente paciente y a veces ferozmente rebelde. Se le dice: «Diviértete». Y se divierte. Se le dice: «Ve y lucha con tu vecino». Y lucha. Se le dice: «Vota por el Emperador». Y vota por el Emperador. Entonces le dicen: «Vota por la República». Y vota por la República.

---

5 *La Comédie-Française o Théâtre Français es un teatro nacional de Francia, situado en el primer arrondissement de París.*

Los que lo manejan también son necios; pero en lugar de obedecer a los hombres, obedecen a principios, que sólo pueden ser tontos, estériles y falsos, por la mera razón de ser principios, es decir, ideas reputadas como ciertas e inmutables, en este mundo donde no estamos seguros de nada y donde la luz y el sonido son una ilusión.

16 de julio. Ayer vi cosas que realmente me perturbaron. Estaba cenando con mi prima, la señora Sablé, cuyo marido está al mando del regimiento 76.º de cazadores de Limoges. Me encontré en su casa a dos jóvenes señoras, una de las cuales está casada con un médico, el doctor Parent, que se ocupa apasionadamente de las enfermedades nerviosas y de las manifestaciones extraordinarias a que dan actualmente lugar los experimentos de hipnotismo y sugestión.

Nos habló durante bastante tiempo sobre los prodigiosos resultados obtenidos por los eruditos ingleses y por los doctores de la escuela de Nancy[6].

Los hechos que refirió me parecieron tan extraños que declaré completamente mi incredulidad.

—Estamos —aseveró—, a punto de descubrir uno de los secretos más importantes de la naturaleza, es decir, uno de sus secretos más importantes en la tierra, porque seguro que hay otros más importantes, allá lejos, en las estrellas. Desde que el hombre comenzó a pensar, desde que supo expresar y escribir sus pensamientos, se siente tocado por un misterio impenetrable para sus sentidos groseros e imperfectos, y trata de para suplir la impotencia de sus órganos, mediante el esfuerzo de la inteligencia. Cuando esta inteligencia se encontraba aún en un estado rudimentario, esta obsesión por los fenómenos invisibles

---

6 *La Escuela de Nancy fue pionera en el estudio de la hipnosis. Fue fundada por Hippolyte Bernheim (17 de abril de 1840, Mulhouse – 2 de febrero de 1919, en París) quien desarrolló un método hipnótico muy parecido al que hoy en día empleamos.*

tomó formas banales y aterradoras. De allí nacieron las creencias populares en lo sobrenatural, las leyendas de espíritus errantes, las hadas, los gnomos, los fantasmas, diría incluso que la leyenda de Dios, ya que nuestras concepciones del artífice-creador de cualquier religión son de hecho las invenciones más mediocres, más estúpidas y más inaceptables que hayan salido del asustado cerebro de las criaturas. Nada más cierto que las palabras de Voltaire cuando dice que "Dios hizo al hombre a su imagen y semejanza, pero el hombre se lo ha devuelto con la misma moneda7"

»Sin embargo, desde hace poco más de un siglo, parece que se presiente algo nuevo. Mesmer y algunos otros nos han puesto en un camino insospechado, y realmente hemos obtenido, especialmente en los últimos cuatro o cinco años, resultados sorprendentes.

Mi prima, también muy incrédula, sonrió. El doctor Parent le dijo:

—¿Quiere que intente dormirla, señora?

—Sí, por supuesto.

Ella se sentó en una silla y él comenzó a mirarla fijamente para hipnotizarla. De repente me sentí un poco preocupado, mi corazón latía con fuerza y se me hacía un nudo en la garganta. Vi los ojos de la señora Sablé cerrándose pesadamente, su boca que se crispaba y su pecho que comenzaba a jadear.

Al cabo de diez minutos, estaba dormida.

—Póngase detrás de ella —dijo el doctor.

Me senté detrás de ella. Puso una tarjeta de visita en sus manos y dijo:

—Esto es un espejo. ¿Qué ve en él?

—Veo a mi primo —respondió.

—¿Que hace?

—Se atusa el bigote.

---

7 *François-Marie Arouet, más conocido como Voltaire (21 de noviembre de 1694-30 de mayo de 1778), ' Le Sottisier', XXXII*

—Y ¿ahora?
—Saca una fotografía de su bolsillo.
—¿Quién hay en esta fotografía?
—Pues él, mi primo.

¡Era cierto! Esta fotografía me la acababan de entregar, esa misma tarde, en el hotel.

—¿Cómo aparece él en este retrato?
—De pie, con el sombrero en la mano.

Evidentemente veía en esa tarjeta, en esa cartulina blanca, como lo hubiera visto en un espejo.

Las jóvenes, aterrorizadas, exclamaron:
—¡Basta!, ¡Basta! ¡Ya es suficiente!

Pero el médico le ordenó:

—Usted se levantará mañana a las ocho, entonces irá a buscar a su primo a su hotel y le rogará que le preste cinco mil francos porque los necesita su marido y que le reclamará en su próximo viaje.

Luego la despertó.

De regreso al hotel, pensé en esta curiosa sesión y me asaltaron las dudas, no sobre la absoluta; la innegable buena fe de mi prima, a quien conocía como a una hermana desde la infancia, sino sobre un posible engaño del médico. ¿No escondería un espejo en su mano y se lo mostraría a la joven dormida al mismo tiempo que la tarjeta de visita? Los prestidigitadores profesionales hacen cosas igualmente singulares.

Así que me fui a casa y me acosté.

Ahora, esta mañana, alrededor de las ocho y media, me despertó mi ayuda de cámara diciéndome:

—Es la señora Sablé que pide hablar con el señor enseguida.

Me vestí apresuradamente y la recibí.

Se sentó muy turbada, con los ojos bajos y sin levantarse el velo me dijo:

—Mi querido primo, tengo un gran favor que pedirte.

—¿De qué se trata, prima?
—Me incomoda mucho decírtelo y sin embargo, tengo que hacerlo. Necesito, absolutamente necesito, cinco mil francos.
—Pero ¿cómo? ¿Para ti?
—Sí, o más bien mi marido, que me ha encargado de conseguirlos.

Estaba tan asombrado que tartamudeé mis respuestas. Me pregunté si realmente no se estaría burlando de mí con el doctor Parent, si no era todo una simple broma preparada de antemano y muy bien jugada.

Pero, mirándola detenidamente, se disiparon todas mis dudas. Temblaba de angustia, tan doloroso era este paso para ella y me di cuenta de que su garganta se llenaba de llanto.

Sabía que era muy rica y proseguí:
—¡Pero aun así!, ¿Tu marido no dispone de cinco mil francos? Vamos, piénsalo. ¿Estás segura de que te rogó que me los pidieras?

Dudó unos segundos como si hubiera hecho un gran esfuerzo para buscar en su memoria, luego respondió:
—Sí..., sí... estoy segura.
—¿Te ha escrito?

Dudó de nuevo, pensando. Adiviné el trabajo tortuoso de su pensamiento. No lo sabía. Sólo sabía que tenía que pedirme prestados cinco mil francos para su marido así que se atrevió a mentir.
—Sí, me escribió.
—¿Cuándo? Ayer no me dijiste nada.
—Recibí su carta esta mañana.
—¿Me la puedes enseñar?
—No... No... No... Contenía cosas íntimas... Demasiado personales... Y la he... Y la he quemado.
—Así que su esposo tiene deudas.

Dudó de nuevo, luego susurró:

—No lo sé...
Le dije bruscamente:
—Mi querida prima, es que no dispongo de cinco mil francos en este momento.
Dejó escapar una especie de grito de desesperación.
—¡Oh! ¡Ve! Por favor, te lo ruego, encuéntralos...
Estaba exaltada, ¡con las manos juntas como si me suplicara! Oí que su voz cambiaba de tono; lloraba y tartamudeaba, acosada, dominada por la orden irresistible que había recibido.
—¡Ay! Te lo ruego... Si supieras cuanto sufro... Los necesito hoy.
Me compadecí de ella.
—Los tendrás pronto, te lo juro.
Ella exclamo:
—¡Oh! ¡Gracias! ¡Gracias! Que bueno eres.
—¿Recuerdas lo que pasó ayer en tu casa? —continué.
—Sí.
—¿Recuerdas que el Doctor Parent te puso a dormir?
—Sí.
—Bueno, pues él te ordenó que vinieras y me pidieras prestados los cinco mil francos esta mañana y en este momento estás obedeciendo a esa sugestión.
Ella pensó unos segundos y respondió:
—Pero es mi marido quien me los pide...
Durante una hora, traté de convencerla sin éxito.
Cuando se fue, corrí a casa del médico. Estaba a punto de salir y me escuchó con una sonrisa. Entonces dijo:
—¿Lo cree usted ahora?
—Sí, no hay más remedio.
—Vayamos a ver a su pariente.
Ésta dormitaba en una tumbona, abrumada por el cansancio. El médico le tomó el pulso, la miró un rato con una mano sobre los ojos que se fueron cerrando poco a poco bajo el insoportable influjo de ese poder magnético.

Cuando ella estaba dormida el doctor le dijo:
—Su marido ya no necesita los cinco mil francos así que va a olvidar que le pidió a su primo que se los prestara y si se lo menciona, usted no va a comprender nada.
Luego la despertó. Saqué la billetera de mi bolsillo:
—Aquí tiene, mi querida prima. Lo que me pediste esta mañana.
Estaba tan sorprendida que no me atreví a insistir. Traté sin embargo de refrescar su memoria, pero ella lo negó todo vehementemente. Pensó que me estaba burlando de ella y hasta estuvo a punto de enojarse.

. . . .

¡Listo! Acabo de volver y no he podido almorzar de lo mucho que me ha disgustado esta experiencia.

19 de julio. Muchas personas a las que les conté esta aventura se burlaron de mí. Ya no sé qué pensar. El sabio dice: ¿Quizás?

21 de julio Cené en Bougival, luego pasé la noche en el baile de los navegantes. Definitivamente, todo depende de los lugares y los ambientes. Creer en lo sobrenatural en la isla de La Grenouillère sería el colmo de la locura... ¿Pero no lo sería igual en la cima del Mont Saint-Michel?... ¿O en la India? Estamos terriblemente influidos por todo lo que nos rodea.
Volveré a casa la semana próxima.

30 de julio. Ayer volví a casa. Todo va bien.

2 de agosto. Sin novedades. Hace un tiempo estupendo. Me paso los días viendo fluir el Sena.

4 de agosto. Peleas entre mis sirvientes. Dicen que alguien rompe los vasos en las alacenas por la noche. Mi ayuda de cámara acusa a la cocinera, que acusa a la lavandera, que a su vez acusa a los otros dos.

¿Quien es el culpable? ¡Quien sabe!

6 de agosto. Esta vez, no estoy loco. Lo he visto... Lo he visto... ¡Si!... Ya no puedo dudar... ¡Lo he visto!... Todavía tengo escalofríos hasta en las uñas... El miedo me llega hasta la médula... ¡He visto!...

A las dos, caminaba a pleno sol entre mis rosales... En medio de las hileras de las rosas de otoño que ya empiezan a florecer.

Cuando me detuve a observar un ejemplar de *geant des batailles* que traía tres magníficas flores, vi, vi claramente, muy cerca de mí, como se doblaba el tallo de una de estas rosas, como si una mano invisible la hubiera torcido y luego roto, ¡como si la hubiera arrancado! Entonces vi la flor que se elevaba, siguiendo la curva que un brazo hubiera trazado al llevarla hacia una boca y quedó suspendida en el aire transparente, sola, inmóvil, una espantosa mancha roja a tres pasos de mis ojos.

¡Angustiado, me lancé sobre ella para agarrarla! No encontré nada; había desaparecido. Entonces se apoderó de mí una ira furiosa contra mí mismo porque no era posible que un hombre razonable y serio tuviera tales alucinaciones.

¿Pero fue realmente una alucinación? Me volví para buscar el tallo, y de inmediato lo encontré en el arbusto, recién cortado entre las otras dos rosas que aún estaban en la rama.

Regresé entonces a casa con el alma destrozada, porque ahora estoy seguro, seguro como de la alternancia de los días y las noches, que existe cerca de mí un ser invisible, que se alimenta de leche y agua, que puede tocar las cosas, tomarlas y cambiarlas de lugar, dotado por lo tanto de una naturaleza material, aunque imperceptible para nuestros sentidos, y que vive como yo, bajo mi techo...

7 de agosto. He dormido tranquilo. Se ha bebido el agua de mi jarra, pero no ha turbado mi sueño.

Me pregunto si estoy loco. Mientras camino a veces a pleno sol, a lo largo del río, me asaltan dudas sobre mi razón, no dudas vagas como las que tenía hasta ahora, sino dudas específicas, absolutas. He visto a locos. He conocido a algunos que permanecieron inteligentes, lúcidos, sagaces incluso sobre todas las cosas de la vida, excepto por un punto. Hablaban de todo con claridad, con flexibilidad, con profundidad y de repente sus pensamientos, tocando el arrecife de su locura, se despedazaban allí, se dispersaban y se hundían en ese océano temible y furioso, lleno de olas precipitadas, de nieblas y borrascas al que llamamos "demencia".

Ciertamente, me creería loco, absolutamente loco, si no fuera consciente y si no conociera perfectamente mi estado, si no lo sondeara analizándolo con toda lucidez. Por tanto, no sería, en definitiva, más que un alucinado que razona. Habría ocurrido un trastorno desconocido en mi cerebro, uno de esos trastornos que los fisiólogos hoy en día tratan de observar y estudiar y este trastorno habría provocado en mi mente, en el orden y la lógica de mis ideas, una profunda fisura. Similares fenómenos tienen lugar en el sueño que nos conduce a través de la más inverosímil fantasmagoría sin que nos sorprendamos, ya que el aparato verificador, el sentido de control está dormido mientras la facultad imaginativa observa y trabaja. ¿No es posible que una de las teclas imperceptibles del teclado cerebral esté paralizada en mí? Hay hombres que a raíz de accidentes, pierden la memoria de los nombres propios, de los verbos, de los números o de las fechas. Ahora están localizadas las ubicaciones de todas las partes de pensamiento. Entonces,

¡no sería posible que la habilidad para controlar la irrealidad de ciertas alucinaciones se encuentre dormida en mí en este momento!

Pensé en todo esto mientras seguía la orilla del agua El sol cubría de claridad el río, hacía deliciosa la tierra, llenaba mi mirada de amor a la vida, a las golondrinas, cuya agilidad es alegría para mi vista, a las hierbas de la ribera cuyo estremecimiento es alegría para mis oídos.

Poco a poco, sin embargo, me invadió una inquietud inexplicable. Me parecía que una fuerza oculta me estaba adormeciendo, me detenía, impidiéndome avanzar, llamándome de vuelta. Sentí esa dolorosa necesidad de volver que nos oprime cuando un enfermo querido se ha quedado en casa y nos asalta el presentimiento de que su enfermedad se agrava.

Así que volví a mi pesar, seguro de que encontraría en casa, malas noticias, una carta o un telegrama.

No había nada, y quedé más sorprendido y más preocupado que si hubiera vuelto a tener alguna visión fantástica.

8 de agosto. Ayer pasé una noche horrible. Ya no se manifiesta pero lo siento cerca de mí, espiándome, mirándome, introduciéndose en mí, dominándome. Es aún más temible al esconderse así que si señalase por medio de fenómenos sobrenaturales su presencia invisible y constante.

Aun así, he dormido.

9 de agosto. Nada, pero tengo miedo.

10 de agosto. Nada, ¿qué ocurrirá mañana?

11 de agosto. Nada, todavía nada. No puedo quedarme en casa con este miedo y esta idea que han entrado en mi mente. Voy a irme.

12 de agosto. 22 h. Durante todo el día quise marcharme pero no he podido. Quise realizar este acto de libertad, tan fácil y tan simple... salir... subir a mi coche para llegar a Ruan y no he podido. ¿Por qué?

13 de agosto. Cuando nos afectan ciertas enfermedades, todos los mecanismos del cuerpo físico parecen rotos, las energías se aniquilan, todos los músculos debilitados, los huesos se vuelven blandos como la carne y la carne líquida como el agua. Esto lo experimento en mi ser moral de una manera extraña y angustiosa. Ya no tengo fuerza alguna, ni coraje, ni dominio sobre mí, ni poder incluso para imponer mi voluntad. Ya no puedo querer, pero alguien quiere por mí, y yo obedezco.

14 de agosto. ¡Estoy perdido! ¡Alguien es dueño de mi alma y la gobierna! Alguien maneja todas mis acciones, todos mis movimientos, todos mis pensamientos. Ya no soy nada por dentro, solo un esclavo y un espectador aterrorizado de todas las cosas que hago. Quiero salir y no puedo. Él no quiere y yo me quedo, desconcertado y temblando en el sillón donde él me mantiene sentado. Sólo quiero levantarme, incorporarme, creerme dueño de mí mismo ¡pero no puedo! Estoy pegado a mi asiento y el asiento se pega al suelo de tal forma que ninguna fuerza podría levantarnos.

Entonces, de repente, necesito..., tengo la necesidad de ir al fondo de mi jardín para recoger fresas y comerlas. Y voy. ¡Cojo las fresas y me las como! ¡Ay, Dios mío! ¡Dios mío! ¡Dios mío! ¿Habrá un dios? Si lo hay, ¡liberame, salvame!

¡Ayúdame! ¡Perdón! ¡Piedad! ¡Misericordia! ¡Sálvame! ¡Oh, qué sufrimiento! ¡Que tortura! ¡Qué horror!

15 de agosto. Ciertamente, así estaba poseída y dominada mi pobre prima cuando vino a pedirme prestados los cinco mil francos. Estaba sometida a una voluntad extraña que había entrado en ella, como otra alma, como otra alma parásita y dominadora. ¿Será acaso el fin del mundo?
Pero ¿quién es el ser invisible que me gobierna? ¿Quién es ese desconocido, ese merodeador de una raza sobrenatural?
¡Entonces los Invisibles existen! Entonces, ¿cómo es posible que desde el origen del mundo no se hayan manifestado todavía de manera precisa como lo hacen para mí? Nunca he leído nada parecido a lo que ha sucedido en mi casa. ¡Ay, si pudiera dejarla, si pudiera irme, huir y no volver!. Me salvaría, pero no puedo.

16 de agosto. Hoy pude escapar durante dos horas, como un prisionero que encuentra abierta por casualidad, la puerta de su calabozo. Sentí que de repente era libre y que él estaba lejos. Ordené uncir los caballos al coche rápidamente y me fui a Ruan. ¡Oh, qué alegría poder decir a un hombre que obedece: «¡Vamos a Ruan!».
Me hice detener frente a la biblioteca y pedí prestado el gran tratado del Dr. Hermann Herestauss sobre los habitantes desconocidos del mundo antiguo y moderno.
Luego, cuando ha llegado el momento de volver a subirme al coche, he querido decir: «¡A la estación!» Y he gritado —no he dicho, he gritado—, con una voz tan fuerte que los transeúntes se han dado la vuelta: «¡A casa!» Y he caído enloquecido de angustia, en el asiento de mi coche. Me había encontrado y poseído de nuevo.

17 de agosto. ¡Qué noche! ¡Qué noche! Y, sin embargo, me parece que debo alegrarme. ¡Leí hasta la una de la madrugada! Hermann Herestauss, Doctor en Filosofía y Teogonía, ha escrito la historia y las manifestaciones de todos los seres invisibles que rondan alrededor del hombre o han sido soñados por él. Describe sus orígenes, su dominio y su poder. Sin embargo, ninguno de ellos se parece al que me persigue. Parece ser que el hombre, desde que comenzó a pensar, ha sentido y temido un ser nuevo, más fuerte que él, su sucesor en este mundo, y que, sintiéndolo cercano e incapaz de prever la naturaleza de este amo, ha creado, en su terror, toda la población fantástica de seres ocultos y vagos fantasmas nacidos del miedo.

Después de haber leído hasta la una de la mañana, me senté junto a la ventana abierta para refrescar la cabeza y mis pensamientos con la tranquila brisa nocturna.

Hacía buena noche, tan tibia. ¡Cómo me hubiera gustado aquella noche en otra ocasión!

No había luna. Las estrellas brillaban en el oscuro cielo con destellos temblorosos. ¿Quién habita esos mundos? ¿Qué formas, qué seres vivos, qué animales, qué plantas habrá allí? ¿Qué saben más que nosotros los que piensan en esos universos lejanos? ¿Qué pueden hacer que nosotros no podamos? ¿Qué han visto que nosotros ignoremos? Uno de ellos, un día u otro, cruzando el espacio, ¿no aparecerá en nuestra tierra para conquistarla como los normandos de antaño cruzaron el mar para esclavizar a los pueblos más débiles?

Somos tan débiles, tan indefensos, tan ignorantes, tan pequeños, todos nosotros, sobre esta partícula de barro que gira disuelta en una gota de agua.

Me adormecí soñando así en la fresca brisa de la noche.

Entonces, después de haber dormido unos cuarenta minutos, volví a abrir los ojos sin moverme, despertado por no sé qué emoción confusa y extraña.

Al principio no vi nada, luego de repente, me pareció que una página del libro que había quedado abierta sobre la mesa acababa de pasarse sola. Ni un soplo de aire entraba por la ventana. Quedé sorprendido y esperé. Después de unos cuatro minutos, vi, vi, sí, vi con mis ojos otra página que subía y bajaba sobre la anterior como si un dedo la hubiera movido. Mi sillón estaba vacío, parecía vacío, pero me di cuenta de que estaba allí, él, sentado en mi sitio y que leía. Con un salto furioso, con el salto de una bestia rebelde que está a punto de destripar a su domador, crucé mi habitación para atraparlo, para aplastarlo, ¡para matarlo!... Pero mi sillón, antes de llegar a él, se volcó como si alguien hubiera huido de mí... La mesa se tambaleó, la lámpara cayó y se apagó y la ventana se cerró como si un malhechor sorprendido se hubiera precipitado en la noche, agarrando los batientes con ambas manos.

Así que se había escapado. ¡Había tenido miedo, miedo de mí!

Entonces... entonces... mañana... o pasado... o un día cualquiera, ¡podré sujetarlo bajo mis puños y estrellarlo contra el suelo! A veces, ¿acaso no muerden y estrangulan los perros a sus amos?

18 de agosto. He estado pensando todo el día. ¡Oh, sí!, Voy a obedecerle, seguiré sus impulsos, cumpliré todos sus deseos, me mostraré humilde, sumiso y cobarde.

Él es el más fuerte. Pero llegará el momento...

19 de agosto. Lo sé... Lo sé... ¡Lo sé todo! Acabo de leer esto en la *Revue du Monde Scientifique*:

«*Nos ha llegado desde Río de Janeiro una noticia bastante curiosa. Una locura, una epidemia de demencia comparable a las locuras contagiosas que afectaron a los pueblos de Europa en la Edad*

Media está haciendo estragos ahora en la provincia de Sao Paulo. Los habitantes enloquecidos abandonan sus casas, sus pueblos y sus cultivos alegando ser perseguidos, poseídos, gobernados como un rebaño humano, por seres invisibles, aunque tangibles, por una especie de vampiros que se alimentan de su vida mientras duermen y que también beben agua y leche, sin al parecer, tocar ningún otro alimento.

El profesor Don Pedro Henríquez, acompañado de varios sabios doctores, ha partido a la provincia de Sao Paulo a fin de estudiar sobre el terreno, los orígenes y las manifestaciones de esta sorprendente locura, y proponer al Emperador las medidas que le parezcan más adecuadas para hacer entrar en razón a estas poblaciones delirantes.»

¡Ay! ¡Ahora recuerdo, recuerdo el magnifico bergantín brasileño que pasó bajo mis ventanas remontando el Sena el 8 de mayo! ¡Me pareció tan hermoso, tan blanco, tan alegre! ¡El Ser estaba en él, viniendo de allá lejos, de donde nació su raza! ¡Y me vio! Vio mi casa blanca también y saltó del barco a la orilla. ¡Ah! ¡Dios mío!

Ahora lo sé, supongo. El reinado del hombre ha terminado.

Ha venido Aquel que inspiró los primeros terrores de los pueblos primitivos e ingenuos, Aquel a quien exorcizaron los sacerdotes preocupados y que los brujos evocaban en las noches oscuras aunque sin verlo aparecer, a quien los presentimientos de los amos pasajeros del mundo prestaron todas las formas monstruosas o graciosas de gnomos, espíritus, genios, hadas y duendes. Después de las toscas concepciones del terror primitivo, los hombres más perspicaces lo presintieron con mayor claridad. Mesmer lo vislumbró y los médicos, desde hace ya diez años, han descubierto, de manera precisa, la naturaleza de su poder antes de que él mismo lo haya ejercido. Han jugado con el arma del nuevo Señor, el dominio de una voluntad misteriosa sobre el alma humana convertida en esclava. ¡La han llamado magnetismo, hipnotismo, sugestión... Qué sé yo! ¡Los he visto divirtiéndose como niños temerarios con este horrible poder! ¡Que desgracia para nosotros! ¡Ay del hombre! ¡Ha venido, el... el... como llamarlo... el... me parece que grita su nombre y no lo oigo... el... si... lo esta gritando... Escucho... No puedo... Repito... el... Horla... lo oigo... El Horla... es él... El Horla... ¡Ha venido!...

¡Ay! El buitre se ha comido a la paloma, el lobo se ha comido a las ovejas, el león ha devorado al búfalo de cuernos afilados, el hombre ha matado al león con la flecha, con la espada y la pólvora, pero el Horla hará del hombre lo que nosotros hemos hecho del caballo y del buey: su cosa, su sirviente y su alimento, tan sólo con el poder de su voluntad. ¡Desgraciados de nosotros!

Sin embargo, el animal a veces se rebela y mata al que lo domó... yo también quiero... yo podría... pero hay que conocerlo, tocarlo, ¡verlo! Dicen los eruditos que el ojo de los animales, diferente al nuestro, no distingue las cosas como el nuestro... Y mi propio ojo no puede distinguir al recién llegado que me oprime.

¿Por qué? ¡Oh! Ahora recuerdo las palabras del monje del Monte Saint-Michel: «¿Acaso vemos la centésima parte de lo que existe? Mirad, he aquí el viento que es la mayor fuerza de la naturaleza, que derriba a los hombres, los edificios, que arranca los árboles, que eleva el mar en montañas de agua, destruye los acantilados y arroja las grandes naves contra los rompientes. El viento que mata, que silba, que gime, que ruge, ¿lo ha visto usted o puede verlo? Sin embargo, existe.»

Y yo seguía pensando: mi ojo es tan débil, tan imperfecto, que ¡ni siquiera puede distinguir los cuerpos sólidos, si son transparentes como el cristal!, Deja que un espejo sin azogue bloquee mi camino y me arrojaré sobre él lo mismo que un pájaro que ha entrado en una habitación se rompe la cabeza contra los cristales. Mil cosas además nos engañan y desorientan. ¿No es extraño, pues, que no pueda percibir un cuerpo nuevo por el cual la luz atraviese?. ¡Un nuevo ser! ¿Por qué no? ¡Tenía que venir seguro! ¿Por qué deberíamos ser los últimos? ¿No lo distinguimos como igualmente no lo hacemos con todos los demás creados antes que nosotros? Es porque su naturaleza es más perfecta, su cuerpo más fino y más acabado que el nuestro tan débil, tan torpemente diseñado, obstruido por órganos siempre cansados, siempre forzados como resortes demasiado complejos, como nuestro cuerpo, que vive como una planta y como un animal, alimentándose dolorosamente de aire, hierba y carne, una máquina animal presa de las enfermedades, las deformaciones y la putrefacción, sin aliento, mal ajustada, primitiva y extraña, ingeniosamente mal hecha, un trabajo tosco y delicado, el esbozo de un ser que podría transformarse en algo inteligente y extraordinario.

Somos tan pocas especies, muy pocas en este mundo, desde la ostra hasta el hombre. ¿Por qué no una más una vez cumplido el período que separa las sucesivas apariciones de todas las distintas especies?

¿Por qué no una más? ¿Por qué no también otros árboles con flores tan enormes y deslumbrantes que perfumen regiones enteras? ¿Por qué no otros elementos además del fuego, el aire, la tierra y el agua? ¡Solo son cuatro, sólo cuatro, estos padres que alimentan a los seres! ¡Qué lástima! ¡Por qué no son cuarenta, cuatrocientos, cuatro mil! ¡Qué pobre, mezquino, miserable es todo! ¡Avaramente dado, secamente inventado, hecho con torpeza! ¡Ah, el elefante, el hipopótamo!, ¡Cuánta gracia! ¡Cuánta elegancia en el camello!

Pero diréis, ¿y la mariposa? ¡Una flor que vuela! Sueño con una que sea tan grande como cien universos, con alas cuya forma, belleza, color y movimiento ni siquiera puedo describir. Pero la veo... iva de estrella en estrella, refrescándolas y perfumándolas con el soplo armonioso y ligero de su vuelo!... ¡Y los pueblos de arriba la ven pasar, extasiados y encantados!

....

¿Qué es lo que tengo? ¡Es él, él, el Horla quien me persigue, quien me hace pensar estas locuras! Él está en mí y se convierte en mi alma; ¡Lo mataré!

19 de agosto. Lo mataré. ¡Lo he visto! Me senté anoche en mi mesa y fingí escribir con mucha atención. Sabía que vendría rondando a mi alrededor, muy cerca, tan cerca que tal vez podría tocarlo, ¿agarrarlo quizás? ¡Y entonces!... Entonces, tendría la fuerza de los desesperados; tendría mis manos, mis rodillas, mi pecho, mi frente y mis dientes para estrangularlo, aplastarlo, morderlo y desgarrarlo.

Yo lo esperaba con todos mis órganos sobrexcitados.

Había encendido las dos lámparas y las ocho velas de la chimenea, como si hubiese podido descubrirlo en aquella luz.

Frente a mí, estaba mi cama, una vieja cama de roble con dosel; a la derecha, mi chimenea; a la izquierda, la puerta cuidadosamente cerrada después de haberla dejado abierta un buen rato para atraerlo; detrás de mí, un armario alto con espejos que uso todos los días para afeitarme, para vestirme y donde me miro de arriba a abajo cada vez que paso por delante.

Así que fingí escribir, para engañarlo, porque sabía que él también me espiaba. De repente presentí, tuve la certeza de que él estaba leyendo por encima de mi hombro, que se encontraba allí, rozándome la oreja.

Me puse de pie, con las manos extendidas, girando tan rápido que estuve a punto de caer. ¿Y entonces?... ¡Allí estaba todo como a plena luz del día y sin embargo no me veía en el espejo!... ¡Estaba vacío, claro, profundo, lleno de luz! ¡Mi imagen no aparecía... y yo estaba enfrente! Veía aquel alto cristal transparente vacío de arriba a abajo. Lo miré con ojos desorbitados y no me atreví a avanzar, no me atreví a hacer ningún movimiento. Sentía claramente que él estaba allí, que se me escaparía otra vez, aquel cuyo cuerpo imperceptible había devorado mi reflejo.

¡Qué miedo tuve! Entonces, de repente, comencé a ver de nuevo mi reflejo como en una neblina, en el fondo del espejo, en una bruma como a través de una lámina de agua. Me parecía que ese agua se deslizaba de izquierda a derecha, lentamente, haciendo más nítida mi imagen, segundo a segundo. Era como el final de un eclipse. La cosa que me ocultaba no parecía poseer contornos bien definidos sino una especie de transparencia opaca que se aclaraba gradualmente.

Finalmente pude distinguirme completamente, como todos los días cuando me miro.

¡Lo había visto! El horror se ha quedado en mí, y todavía me hace temblar.

20 de agosto. Matarlo, ¿cómo? Si no puedo ni alcanzarlo. ¿Con veneno? Pero me vería al mezclarlo con el agua y, además, ¿tendrían acaso nuestros venenos efecto en su cuerpo imperceptible? No... no... definitivamente no... ¿Entonces?... ¿Entonces?...

21 de agosto. Hice llamar a un cerrajero de Ruan y le encargué persianas metálicas para mi habitación como las que tienen en la planta baja ciertas mansiones privadas de París por miedo a los ladrones. También me hará una puerta similar. ¡Me habrá tomado por un cobarde, ¡pero no me importa!...

* * * * *

10 de septiembre. Ruan, Hotel continental. Está hecho... está hecho... pero ¿está muerto? Lo que vi me dejó trastornado.

Ayer después de haber instalado el cerrajero las persianas y mi puerta de hierro, dejé todo abierto hasta la medianoche, aunque ya empezaba a hacer frío. De repente, sentí que él estaba allí, y una alegría, una alegría loca se apoderó de mí. Me levanté lentamente y caminé de derecha a izquierda durante un rato para que no adivinara nada, después, me quité las botas y me puse las zapatillas con indiferencia. Cerré la persiana metálica y volviendo lentamente a la puerta, también la cerré con dos vueltas de llave. Volviendo luego a la ventana, la cerré con un candado, cuya llave me guardé en el bolsillo.

De pronto comprendí que se agitaba a mi alrededor, que también tenía miedo y que me ordenaba abrirle. Casi me rendí. No cedí, pero apoyándome en la puerta, la abrí lo suficiente para pasar, caminando hacia atrás, y como soy bastante alto mi cabeza tocaba en el dintel. Estaba seguro de que no podía escapar y allí lo encerré solo, ¡completamente solo! ¡Qué alegría! ¡Lo tenía! Así que corrí escaleras abajo y tomé las dos lámparas de la sala que había debajo de mi dormitorio y derramé todo el aceite en la alfombra, en los muebles, por todos lados. Luego les prendí fuego y escapé, después de haber cerrado con doble llave la gran puerta principal.

Me escondí al fondo del jardín, entre un macizo de laureles. ¡Que larga fue la espera! ¡Qué larga! Todo estaba oscuro, mudo, inmóvil. Ni un soplo de aire, ni una estrella, solo montañas de nubes que aunque no se veían, pesaban tanto en mi alma, tan pesadas.

Miré a la casa y esperé. ¡Qué largo fue! Ya pensaba que el fuego se habría apagado solo o que Él lo habría apagado, cuando una de las ventanas de abajo estalló bajo la presión del incendio y una llama, una gran llama roja y amarilla, larga, suave y acariciante trepó a lo largo del blanco muro y lo lamió hasta el tejado. Un resplandor recorrió los árboles, las ramas, las hojas, además de un escalofrío, ¡un escalofrío de terror! Los pájaros comenzaban a despertarse, un perro empezó a aullar, ¡me pareció que amanecía! Otras dos ventanas estallaron de inmediato y vi que toda la parte baja de mi casa no era más que un infierno espantoso. Pero un grito, un grito horrible, agudo, desgarrador, un grito de mujer atravesó la oscuridad, ¡y dos buhardillas se abrieron! ¡Me había olvidado de mis criados! ¡Vi sus rostros aterrorizados y sus brazos que se agitaban!...

Entonces, horrorizado, comencé a correr hacia el pueblo, gritando: «¡Socorro! ¡Socorro! ¡Fuego! ¡Fuego!» Me encontré con gente que ya acudía y volví con ellos para ver.

La casa, ahora, no era más que una pira horrible y magnífica, una pira monstruosa, que iluminaba toda la tierra, una pira donde ardían los hombres, y donde ardía también Él, Él, mi prisionero, el nuevo Ser, el nuevo amo, ¡el Horla!

De repente, todo el tejado se abatió entre las paredes y un volcán de llamas se elevó hacia el cielo. A través de todas las ventanas abiertas de la hoguera vi aquel pozo de fuego y pensé que él estaba allí, en aquel horno, muerto...

—¿Muerto? ¿Sería posible?... ¿Y su cuerpo? ¿No sería su cuerpo, al cual podía atravesar la luz, indestructible por los medios que matan al nuestro?

¿Y si no hubiera muerto?... Quizás sólo el tiempo tenga poder sobre este Ser Invisible y Temible. ¿Para qué ese cuerpo transparente, ese cuerpo invisible, ese cuerpo de

Espíritu, si también debe temer los males, las heridas, las enfermedades y la destrucción prematura? ¿La destrucción prematura? ¡Todo el terror humano proviene de ella! Después del hombre, el Horla. Después de aquel que puede morir todos los días, a cualquier hora, en cualquier minuto, por cualquier accidente, ha llegado aquel que sólo morirá en su día, en su hora y en su minuto, ¡porque haya llegado al límite de su existencia!
No... no... sin duda, sin duda... no está muerto... Entonces... entonces... ¡tendré que matarme yo!...

* * * * *

Le Horla (1887). Paris: Paul Ollendorff, Editeur.

LA MANO DISECADA
(LA MAIN D'ECORCHE, 1875)

Hace unos ocho meses, uno de mis amigos, Louis R., había reunido, una noche, a algunos compañeros de la universidad. Bebíamos ponche y fumábamos mientras hablábamos de literatura, pintura y contábamos, de vez en cuando, algún chiste, como es costumbre en las reuniones de los jóvenes. De repente la puerta se abre de par en par y como un huracán, entra uno de mis buenos amigos de la infancia.

—Adivinad de dónde vengo —exclama de inmediato.

—Apuesto que de Mabille[1] —responde uno.

—No, vienes demasiado contento, seguro que tomaste dinero prestado, enterraste a un tío o empeñaste el reloj —respondió otro.

—Te acabas de emborrachar —añadió un tercero—, y como oliste el ponche de Louis, subiste para empezar de nuevo.

---

1 *El Bal Mabille, también conocido como el Jardin Mabille fue un establecimiento de baile al aire libre que estuvo muy de moda durante el siglo XIX. El lugar abrió en 1831 en lo que ahora es la Avenida Montaigne, en el Faubourg Saint-Honoré de París. Bailes tan populares como la polka y el can-can nacieron en este local.*

—No dais ni una, vengo de P. en Normandía, donde he pasado ocho días y de donde traigo a un gran criminal, amigo mío, a quien les pido permiso para presentar. Tras estas palabras, sacó de su bolsillo una mano disecada. Era espantosa, negra, seca, muy larga y como crispada, los músculos, de extraordinaria fuerza, estaban sujetos por dentro y por fuera por una tira de piel apergaminada. Las uñas amarillas, estrechas, habían quedado en las yemas de los dedos, todo esto olía a criminal a una legua.

—Veréis —dijo mi amigo—, el otro día estaban vendiendo las pertenencias de un viejo brujo muy conocido en toda la comarca. Iba todos los sábados al aquelarre en un palo de escoba, practicaba la magia blanca y negra, daba a las vacas leche azul y les hacía llevar el rabo como el del compañero de San Antonio[2]. En fin, este viejo bribón le tenía un gran cariño a esta mano, que según decía, era la de un célebre criminal torturado en 1736 por haber tirado de cabeza a un pozo a su legítima esposa, en lo que creo que no estaba equivocado y haber colgado después del campanario de la iglesia al cura que los había casado. Después de esta doble hazaña, se marchó a recorrer el mundo y en su carrera, tan corta como bien aprovechada, robó a doce viajeros, ahumado con fuego a veinte monjes en un convento y convertido en serrallo un monasterio de monjas.

—¿Qué vas a hacer con este horror? —exclamamos.

—Por Júpiter, lo voy a colgar en la campanilla de mi timbre para asustar a mis acreedores.

—Amigo mío —dijo Henry Smith un inglés corpulento y flemático—, en mi opinión esa mano es carne de indio preservada por un proceso nuevo, te aconsejo que hagas un caldo con ella.

---

2 *Antonio Abad1 o Antonio Magno (12 de enero de 251- 17 de enero de 356) fue un monje cristiano-católico, fundador del movimiento eremítico. Se le suele representar en la iconografía religiosa como un anciano con el hábito de la orden con un cerdo de acompañante.*

—No se burlen señores —prosiguió un estudiante de medicina con la mayor sangre fría que estaba ya a dos pasos de la borrachera—, y para ti Pierre tengo un consejo, y es que entierres cristianamente estos restos humanos no sea que el dueño vuelva a reclamarlos, que además puede ser que esta mano haya adquirido malos hábitos porque como dice el refrán: "El que ha matado, matará".

—Y el que ha bebido, beberá —intervino el anfitrión y acto seguido sirvió al estudiante un gran vaso de ponche, el cual se bebió de un trago cayendo en redondo borracho debajo de la mesa.

Esta salida fue recibida con una carcajada tremenda y Pierre levantando su copa y saludando a la mano dijo:

—Brindo por la próxima visita de tu amo.

Luego hablamos de otra cosa y todos se fueron a casa.

Al día siguiente, al pasar por la puerta, entré a su casa. Serían como las dos de la tarde y lo encontré leyendo y fumando.

—¿Bueno, cómo estás? —le pregunté.

—Muy bien — me respondió.

—¿Y la mano?

—La habrás visto en la campanilla donde la puse anoche cuando volví. Por cierto, que algún imbécil, sin duda para jugarme una mala broma, se puso a tocar el timbre de la puerta a medianoche. Pregunté quién era pero como nadie me respondió, me volví a la cama y me quedé dormido.

En ese momento sonó el timbre. Era el casero, un personaje maleducado y muy impertinente que entró sin saludar.

—Señor —le dijo a mi amigo—, le ruego por favor que quite inmediatamente esa carroña que ha colgado en el cordón de su campanilla, de lo contrario me veré obligado a echarlo.

—Caballero —le contestó Pierre con la mayor seriedad—, insulta usted a una mano que no lo merece. Sepa que perteneció a un hombre de buena educación. El dueño dio media vuelta y salió como había entrado. Pierre lo siguió, descolgó la mano y la ató a la campanilla que colgaba en su alcoba.

—Así esta mejor —dijo—, como el *morir habemus*[3] de los monjes trapenses, me traerá pensamientos serios todas las noches cuando vaya a dormir.

Al cabo de una hora, me despedí de mi amigo y regresé a casa.

Dormí mal aquella noche, estaba inquieto, nervioso, varias veces me desperté sobresaltado, por un momento incluso imaginé que un hombre había entrado en la casa y me levanté a mirar en los armarios y debajo de la cama. Finalmente, alrededor de las seis de la mañana, cuando comenzaba a adormecerme, un golpe violento en la puerta me hizo saltar de la cama. Era el sirviente de mi amigo, estaba a medio vestir, pálido y tembloroso.

—¡Oh señor! —exclamó sollozando—, mi pobre amo ha sido asesinado.

Me vestí apresuradamente y corrí hacia la casa de Pierre. La casa estaba llena de gente que hablaban de forma agitada, todo era un movimiento constante, todos discutían, contaban y comentaban el suceso de todas las maneras posibles. Llegué al dormitorio con mucha dificultad, la puerta estaba vigilada, di mi nombre y me dejaron entrar. Cuatro policías estaban de pié en el centro. Con un cuaderno en la mano examinaban todo, susurrando entre sí de vez en cuando y escribiendo. Dos médicos conversaban cerca de la cama en la que Pierre yacía inconsciente. No estaba muerto, pero su aspecto era aterrador. Sus ojos

---

3 '*Morir tenemos, ya lo sabemos*', en latín. Dicho famoso de la orden de los monjes trapenses en la Baja Normandía. Tenían siempre presente la idea de la muerte y rezaban a diario al borde de la fosa que cada uno se preparaba el primer día al entrar al monasterio.

estaban desmesuradamente abiertos, sus pupilas dilatadas parecían mirar con indescriptible pavor algo horrible y desconocido, sus dedos estaban apretados, su cuerpo estaba cubierto con una sábana hasta la barbilla. La levanté. Se podían ver en el cuello las marcas de cinco dedos que se habían hundido profundamente en la carne, algunas gotas de sangre manchaban su camisa. En ese momento algo me llamó la atención, miré por casualidad la campanilla de su alcoba: la mano disecada ya no estaba allí. Los médicos sin duda la habían quitado para no impresionar a las personas que entrasen en la habitación del herido ya que esta mano era realmente horrible. No pregunté qué había sido de ella.

Recorto ahora de un periódico del día siguiente, el relato del crimen con todos los detalles que pudo obtener la policía. Esto es lo que decía:

«Ayer se cometió un horrible ataque contra la persona de un joven, el Sr. Pierre B..., estudiante de derecho, que pertenece a una de las mejores familias de Normandía. El joven había regresado a casa alrededor de las diez de la noche, y se despidió de su criado, el Señor Bouvin, diciéndole que estaba cansado y que se iba a la cama. Hacia la medianoche, el criado se despertó repentinamente por la campanilla de su amo que tocaba con furia. Tuvo miedo, encendió una luz y esperó. El timbre enmudeció durante un minuto, luego volvió a sonar con tanta fuerza que el sirviente, angustiado, salió corriendo de la habitación y fue a despertar al conserje, este último corrió a avisar a la policía y, al cabo de un cuarto de hora más o menos, dos agentes derribaron la puerta.

»Un espectáculo horrible se presentó a sus ojos, los muebles estaban volcados, todo indicaba que se había producido un terrible forcejeo entre la víctima y el malhechor. El joven Pierre B... yacía inmóvil en medio de la habitación, boca arriba, con los miembros rígidos, el rostro lívido y los ojos terriblemente dilatados. Tenía en el cuello las profundas huellas de cinco dedos. El informe del doctor Bourdeau, llamado de inmediato, dice que el agresor debía de haber estado dotado de una fuerza prodigiosa y que tenía una mano extraordinariamente delgada y nervuda ya que los dedos que habían dejado las marcas en el cuello como cinco agujeros de bala casi se habían juntado a través de la carne. Nada hace sospechar el móvil del crimen, ni quién puede ser el autor. La justicia informa».

Al día siguiente en el mismo periódico se leía:

«El señor Pierre B....., víctima del atroz ataque que describíamos ayer, ha recuperado el conocimiento después de dos horas de laboriosos cuidados por parte del Dr. Bourdeau. Su vida no corre peligro, pero se teme mucho por su razón. No se tienen pistas del culpable».

En efecto, mi pobre amigo estaba loco. Durante siete meses fui a verlo todos los días al hospicio donde lo habíamos internado, pero nunca recuperó ni un ápice de razón. En su delirio se le escapaban palabras extrañas y, como todos los locos, tenía una idea fija, se creía siempre perseguido por un fantasma. Un día vinieron a buscarme a toda prisa diciéndome que estaba peor. Lo encontré agonizando. Permaneció muy tranquilo durante dos horas para luego, de repente, levantándose de la cama a pesar de nuestros esfuerzos, comenzó a gritar, agitando los brazos y como presa de un terror terrible:

—¡Detenedla! ¡Sujetadla! ¡Me está estrangulando, socorro, socorro! Dio dos vueltas a la habitación vociferando y luego cayó muerto boca abajo.

Como era huérfano, me pidieron que llevara su cuerpo al pequeño pueblo de P.... en Normandía, donde estaban enterrados sus padres. Era de este mismo pueblo de dónde había venido la noche en que nos encontró bebiendo ponche en casa de Louis R. y nos había presentado la mano disecada. Su cuerpo fue encerrado en un ataúd de plomo y cuatro días después me paseaba tristemente por el pequeño cementerio donde cavaban su tumba con el anciano cura que le había dado sus primeras lecciones.

El tiempo era espléndido, el cielo todo azul estaba lleno de luz, los pájaros cantaban en las zarzas del terraplén, donde, muchas veces, de niños, habíamos venido a comer moras. Todavía me parecía verlo deslizándose a lo largo del seto y colarse por el pequeño agujero que yo conocía bien, allá, al final del terreno donde están enterrados los pobres, entonces volvíamos a casa, con las mejillas y los labios negros por el jugo de la fruta que habíamos comido. Miré las zarzas, estaban cubiertas de moras, mecánicamente tomé una y me la llevé a la boca. El cura había abierto su breviario y murmuraba su *oremus* en voz baja, podía oír la pala de los sepultureros cavando la tumba al final de la avenida. De repente nos llamaron, el cura cerró su libro y fuimos a ver qué querían.

Habían encontrado un ataúd.

De un golpe de piqueta volaron la tapa y vimos un esqueleto desmesuradamente largo, tendido boca arriba, que con sus ojos huecos parecía mirarnos y desafiarnos todavía. Me sentí inquieto, no sé por qué, casi tuve miedo.

—¡Vaya! —gritó uno de los hombres—, miren, el villano tiene una muñeca cortada, aquí está su mano.

Y recogió junto al cuerpo una gran mano marchita que nos enseñó.

—¡Caramba! —dijo el otro riendo—, parece que te está mirando y que va a saltarte al cuello para que le devuelvas la mano.

—A ver amigos míos —dijo el sacerdote—, dejen en paz a los muertos y cierren de nuevo ese ataúd, cavaremos la tumba del pobre señor Pierre en otra parte.

Al día siguiente todo había terminado y tomé el camino de regreso a París después de haber dado cincuenta francos al anciano sacerdote para que dijera misas por el descanso del alma de aquel cuya tumba habíamos perturbado de este modo.

Almanaque de Pont-à-Mousson, 1875.

SOBRE EL AGUA
(SUR L'EAU, 1876)

El verano pasado había alquilado una casita de campo a orillas del Sena, a varias leguas de París, e iba a dormir allí todas las noches. Al cabo de unos días conocí a uno de mis vecinos, un hombre de unos treinta o cuarenta años, que ciertamente era el tipo más curioso que había visto en mi vida. Era un viejo barquero, pero un barquero obstinado, siempre cerca del agua, siempre sobre el agua, siempre en el agua. Debía de haber nacido en un bote, y seguramente morirá en la última navegación.

Una tarde, mientras paseábamos por la orilla del Sena, le pedí que me contara algunas anécdotas de su vida náutica. He aquí que enseguida mi buen hombre se anima, se transfigura, se vuelve elocuente, casi poeta. Tenía en su corazón una gran pasión, una pasión devoradora e irresistible: el río.

༺༻

¡Ay! me dijo, ¡cuántos recuerdos tengo de este río que ves correr allá cerca de nosotros! Ustedes, los habitantes de la calle, no sabéis lo que es el río. Pero escuche a un pescador pronunciar esa palabra. Para él es una cosa misteriosa, profunda, lo desconocido, el país de los espejismos y las fantasmagorías, donde se ven de noche, cosas que no son lo que son, donde se oyen ruidos que no se conocen, donde se tiembla sin saber por qué, como al cruzar un cementerio: y en verdad, es el más siniestro de los cementerios, aquel donde no se tiene tumba.

Para el pescador la tierra tiene límites, y en la oscuridad, cuando no hay luna, el río es ilimitado. Un marinero no siente lo mismo por el mar. Éste es a menudo duro y malvado, es verdad, pero grita, brama, es leal, el gran mar; mientras que el río es silencioso y traicionero. No ruge, fluye sin hacer ruido, y este movimiento eterno del agua que fluye es más aterrador para mí que las altas olas del océano.

Algunos soñadores pretenden que el mar esconde en su seno inmensos países azulados, donde los ahogados ruedan entre los grandes peces, en medio de extraños bosques y grutas de cristal. El río sólo tiene negros abismos donde uno se pudre en el fango. Es hermoso, sin embargo, cuando brilla con el sol naciente y salpica suavemente sus orillas cubiertas de cañas que susurran.

Hablando del océano, dijo el poeta:

Ô flots, que vous savez de lugubres histoires !
Flots profonds, redoutés des mères à genoux,
Vous vous les racontez en montant les marées
Et c'est ce qui vous fait ces voix désespérées
Que vous avez, le soir, quand vous venez vers nous.[1]

---

1 *Víctor Hugo (1802-1885) "Ocean Nox", «¡Oh olas, como sabéis de lúgubres historias! / Olas profundas, temidas por las madres arrodilladas, / Os las contáis mientras surcáis las mareas / Y es lo que os da esas voces desesperadas que tenéis, en la noche, cuando venís a nosotros». (Les rayons et les ombres, 1840)*

Pues bien, yo creo que las historias que susurran los delgadas cañas con sus suaves vocecitas deben ser aún más siniestras que los dramas lúgubres contados por el bramido de las olas.

Pero ya que me pregunta por algunos de mis recuerdos, voy a contarle una peculiar aventura que me sucedió aquí, hace una decena de años.

Yo vivía, como hoy, en casa de la vieja Lafon, y uno de mis mejores amigos, Louis Bernet, que ahora ha abandonado la navegación, a sus pompas y a sus desaliño para entrar en el Consejo de Estado, residía en el pueblo de C..., dos leguas más abajo. Cenábamos juntos todos los días, unas veces en su casa y otras en la mía.

Una tarde, cuando regresaba solo y bastante cansado, arrastrando a duras penas mi gran barca, una oceánica de mas de tres metros que siempre utilizaba de noche, me detuve unos segundos para recuperar el aliento cerca de la punta de las cañas, por allí abajo, a unos doscientos metros antes del puente del ferrocarril. Hacía un tiempo magnifico; la luna brillaba, el río resplandecía, el aire estaba en calma y era suave. Aquella tranquilidad me tentó; me dije que sería un buen lugar para fumar una pipa. Dicho y hecho, agarré el ancla y la lancé al río.

La barca, bajando con la corriente, tiró de la cadena hasta el final, luego se detuvo; y yo me senté de nuevo sobre mi piel de oveja lo más cómodamente que pude. No se oía nada, nada; sólo a veces me parecía percibir un pequeño chapoteo, casi insensible, del agua contra la orilla, y veía grupos de cañas más altas que adoptaban figuras sorprendentes y parecían agitarse por momentos.

El río estaba perfectamente tranquilo, pero me conmovió el extraordinario silencio que me rodeaba. Todos los animales, ranas y sapos, esos cantores nocturnos de los pantanos, callaban. De repente, a mi derecha, hacia mí, croó una rana. Me estremecí: se hizo el silencio; no oí nada más, y decidí fumar un poco para distraerme. Sin embargo, aunque era un reputado fumador de pipa, no pude; tras la segunda calada, me revolvió el estomago y lo dejé. Empecé a tararear; el sonido de mi voz me resultaba penoso, así que me tumbé en el fondo de la barca y miré al cielo. Durante algún tiempo permanecí en silencio, pero pronto los ligeros movimientos del barco me inquietaron. Me pareció que daba gigantescos bandazos, tocando en alternancia las dos orillas del río; luego pensé que algún ser o fuerza invisible la arrastraba suavemente hacia el fondo del agua y luego la levantaba para dejarla caer de nuevo. Era zarandeado como en medio de una tempestad; oí ruidos a mi alrededor; me puse en pie de un salto: el agua brillaba, todo estaba en calma.

Me di cuenta de que mis nervios estaban un poco alterados y decidí marcharme. Tiré de la cadena; la barca empezó a moverse, luego sentí una resistencia, tiré con más fuerza, el ancla no subía; se había enganchado en algo en el fondo del agua y no podía levantarla; empecé a tirar de nuevo, pero fue en vano. Entonces, con los remos, giré la barca y la llevé río arriba para cambiar la posición del ancla. Fue en vano, seguía sujeta; me invadió la cólera y sacudí la cadena con rabia. Nada se movió. Me senté abatido y me puse a reflexionar sobre mi situación. No podía ni considerar romper la cadena ni separarla del barco, ya que era enorme y estaba clavada a la proa en un trozo de madera más grande que mi brazo; pero como el tiempo seguía siendo muy bueno, pensé que probablemente no tardaría en encontrarme con algún pescador que viniera en mi ayuda. Mi desventura me había tranquilizado; me senté y por fin pude fumar mi pipa. Tomé una botella de ron, bebí dos o tres vasos y me reí de mi situación. Hacía mucho calor, de modo que podría, sin muchos problemas, pasar la noche al raso.

De repente se oyó un pequeño golpe contra la borda. Me sobresalté y un sudor frío me recorrió de pies a cabeza. El sonido debía de proceder de algún trozo de madera arrastrado por la corriente, pero aquello fue suficiente, y me sentí invadido de nuevo por una extraña agitación nerviosa. Agarré a la cadena y me tensé en un esfuerzo desesperado. El ancla resistió. Volví a sentarme agotado.

El río, no obstante, se había cubierto gradualmente de una niebla blanca muy espesa que se deslizaba sobre el agua a baja altura, de modo que, al levantarme, ya no veía el río, ni mis pies, ni mi barca, sino sólo las puntas de las cañas, y luego, más allá, la llanura toda pálida a la luz de la luna, con grandes manchas negras que se elevaban hacia el cielo, formadas por grupos de álamos italianos. Estaba como sepultado hasta la cintura en una tela de algodón de singular blancura, y se me ocurrían imaginaciones fantásticas. Me figuraba que alguien intentaba subir a mi barca, que ya no distinguía, y que el río, oculto por aquella niebla opaca, debía de estar lleno de seres extraños que nadaban a mi alrededor. Sentí un horrible desasosiego, las sienes me apretaban, el corazón me latía como si me ahogara; y, perdiendo la cabeza, pensé en alejarme nadando; luego, inmediatamente, esta idea me hizo estremecer de espanto. Me vi perdido, yendo a la aventura a través de la espesa niebla, luchando entre los hierbajos y las cañas que no podía evitar, jadeando de miedo, sin ver la orilla, sin encontrar ya mi barca, y me pareció que iba a ser arrastrado por los pies a las profundidades de aquella agua negra.

De hecho, como habría tenido que remontar la corriente durante al menos quinientos metros antes de encontrar un punto libre de hierba y juncos donde poder hacer pie, había una probabilidad de nueve sobre diez de que no fuera capaz de orientarme a través de aquella niebla y de me ahogase, por muy buen nadador que fuera.

Intenté razonar. Sentía que tenía la firme voluntad de no tener miedo, pero había algo más en mí que mi voluntad, y esta otra cosa tenía miedo. Me pregunté de qué podía tener miedo; mi *yo* valiente se burlaba de mi *yo* cobarde, y nunca tan bien como aquel día comprendí la oposición de los dos seres que hay en nosotros, uno que quiere, el otro que se resiste, y cada cual turnándose por su parte.

Aquel miedo estúpido e inexplicable seguía creciendo y convirtiéndose en terror. Permanecí inmóvil, con los ojos abiertos, los oídos atentos y esperando. ¿Qué? No lo sabía, pero debía de ser algo terrible. Creo que habría bastado que un pez saltara fuera del agua, como ocurre a menudo, para hacerme caer inconsciente.

Sin embargo, con un violento esfuerzo, recuperé más o menos la cordura que se me escapaba. Cogí de nuevo mi botella de ron y bebí a grandes tragos.

Entonces se me ocurrió una idea y empecé a gritar con todas mis fuerzas, volviéndome sucesivamente hacia los cuatro puntos del horizonte. Cuando mi garganta estuvo absolutamente paralizada, escuché. Un perro aullaba, muy lejos.

Bebí de nuevo y me estiré cuan en el fondo de la barca. Me quedé así tal vez una hora, tal vez dos, sin dormir, con los ojos abiertos, con pesadillas a mi alrededor. No me atrevía a levantarme y sin embargo deseaba hacerlo violentamente; lo iba aplazando minuto a minuto. Me decía: «¡Vamos, levántate!» pero tenía miedo de hacer un movimiento. Por fin me levanté con infinita precaución, como si mi vida dependiese del menor ruido que hiciera, y miré por encima de la borda.

Me deslumbró el espectáculo más maravilloso, más asombroso que sea posible ver. Era una de esas fantasmagorías del país de las hadas, una de esas visiones que cuentan los viajeros que vuelven de lejos y a los que escuchamos sin creer.

La niebla, que dos horas antes flotaba sobre el agua, se había retirado poco a poco y se acumulaba en las orillas. Dejando el río absolutamente despejado, había formado en cada orilla una colina ininterrumpida, de seis o siete metros de altura, que brillaba bajo la luna con el soberbio resplandor de la nieve. De modo que no se veía otra cosa que este río laminado de fuego entre aquellas dos montañas blancas; y allá arriba, sobre mi cabeza, se extendía, llena y ancha, una gran luna, iluminada en medio de un cielo azulado y lechoso.

Todos los animales del agua se habían despertado. Las ranas croaban furiosamente, mientras que a cada instante oía, unas veces a la derecha y otras a la izquierda, esa nota corta, monótona y triste la voz cobriza que envían a las estrellas la voz cobriza de los sapos. Extrañamente, ya no tenía miedo; me encontraba en medio de un paisaje tan extraordinario que ni las más fuertes singularidades habrían podido sorprenderme.

No sé cuánto tiempo duró aquello porque al final acabé por quedarme dormido. Cuando volví a abrir los ojos, la luna ese había puesto y el cielo estaba cubierto de nubes. El agua chapoteaba lúgubremente, soplaba el viento, hacía frío, la oscuridad era profunda.

Bebí lo que quedaba del ron y luego escuché, tiritando, el susurro de los juncos y el inquietante sonido del río. Intenté ver, pero no pude distinguir mi barca, ni siquiera mis manos, que me acercaba a los ojos.

Sin embargo, gradualmente, el espesor de aquella negrura disminuyó. De repente me pareció sentir una sombra deslizarse cerca de mí; lancé un grito, una voz me respondió; era un pescador. Lo llamé, se acercó y le conté mi accidente. Luego puso su barca junto a la mía y ambos tiramos de la cadena. El ancla no se movió. Llegaba el día, sombrío, gris, lluvioso, helado, uno de esos días que nos traen tristeza y desgracias. Vi otra barca, la llamamos a gritos. El hombre que la montaba unió sus esfuerzos a los nuestros; entonces, poco a poco, el ancla cedió. Se estaba elevando, pero despacio, muy despacio y cargada con un peso considerable. Finalmente vimos una masa negra y la subimos a bordo:

Era el cadáver de una anciana con una piedra enorme alrededor del cuello.

Le Bulletin français, 10 de marzo de 1876

EL MIEDO
(LA PEUR, 1882)

Para J.-K. Huysmans[1].

Salimos a cubierta después de cenar. Frente a nosotros el Mediterráneo no mostraba ni un temblor en toda su superficie, que una gran luna de tornasol en calma. El inmenso barco se deslizaba arrojando una gran serpiente de humo negro sobre el cielo, que parecía sembrado de estrellas; y detrás de nosotros el agua, toda blanca, agitada por el rápido paso del pesado navío, batida por la hélice, creaba espuma, parecía retorcerse, agitaba tantos brillos que se hubiera dicho que era luz de luna que hervía.

Allí estábamos, seis u ocho de nosotros, en silencio, admirando, con los ojos vueltos hacia la lejana África a la que nos dirigíamos. El comandante, que fumaba un puro en medio de nosotros, retomó de pronto la conversación de la cena.

---

1 *Charles Marie Georges Huysmans, más conocido como Joris-Karl Huysmans (1848-1907), fue un escritor francés. Es reconocido por ser unos de los padres del movimiento del decadentismo en literatura.*

—Sí, aquel día tuve miedo. Mi barco permaneció seis horas con aquella roca en el vientre, golpeado por el mar. Afortunadamente, al anochecer nos recogió un carbonero inglés que nos divisó.

Entonces un hombre alto, de rostro quemado, de aspecto serio, uno de esos hombres que uno siente que han atravesado largos países desconocidos, en medio de peligros incesantes, y cuya mirada tranquila parece guardar, en los mas profundo, algo de los extraños paisajes que ha visto; uno de esos hombres que uno adivina impregnados de valor, habló por primera vez:

—Usted dice, comandante, que tuvo miedo; no lo creo. Se equivoca en la palabra y en la sensación que experimentó. Un hombre enérgico nunca tiene miedo ante un peligro acuciante. Se conmueve, se agita, se siente ansioso; pero el miedo es otra cosa.

El comandante riendo respondió:

—¡Demonios! Le digo que tuve miedo.

Entonces el hombre de la tez bronceada dijo con voz pausada:

¡Permítame explicarme! El miedo (y los hombres más valientes pueden tener miedo) es algo espantoso, una sensación atroz, como una descomposición del alma, un espantoso espasmo de la mente y del corazón, cuyo solo recuerdo produce escalofríos de angustia. Pero esto no ocurre, cuando uno es valiente, ni ante un ataque, ni ante la muerte inevitable, ni ante todas las formas conocidas de peligro: ocurre en ciertas circunstancias anormales, bajo ciertas influencias misteriosas, ante riesgos vagos. El verdadero miedo es algo así como una reminiscencia de los terrores fantásticos de antaño. Un hombre que cree en fantasmas, y que imagina que ve un espectro en la noche, debe experimentar el miedo en todo su espantoso horror.

Pero yo si que adiviné los que es el miedo a plena luz del día, hace unos diez años. Volví a sentirlo de nuevo el invierno pasado, en una noche de diciembre.

Y, sin embargo, he pasado por muchos peligros, por muchas aventuras que parecían mortales. He luchado a menudo. Fui dado por muerto por unos ladrones. He sido condenado, como sublevado, a la horca en América, y arrojado al mar desde la cubierta de un barco en las costas de China. Cada vez que me creía perdido, tomaba inmediatamente una decisión, sin condolencia o ni siquiera sin arrepentimiento.

Pero el miedo no es eso.

Lo presentí en África. Y sin embargo es hijo del Norte; el sol lo disipa como la niebla. Fíjense en esto, caballeros. Entre los orientales, la vida no cuenta nada; se resignan enseguida; las noches son claras y vacías de leyendas, y las almas también carecen de las oscuras ansiedades que atormentan los cerebros en los países fríos. En Oriente se conoce el pánico, pero se ignora el miedo.

Pues bien, esto es lo que me ocurrió en esa tierra de África:

Atravesaba las grandes dunas al sur de Uargla[2]. Ésta es una de las regiones más extrañas del mundo. Ustedes conocen la arena lisa, la arena llana de las interminables playas del Océano. Pues bien, imagínense que el propio Océano se convierte en arena en medio de un huracán; imagínense una tormenta silenciosa de olas inmóviles de polvo amarillo. Son tan altas como montañas, esas olas desiguales, diferentes, levantadas en oleadas furiosas, pero más grandes aún y estriadas como el muaré. Sobre este mar furioso, silencioso e inmóvil, el devorador sol del sur derrama su llama implacable y directa. Hay que subir esas ondas de ceniza dorada, volver a bajar, subir de nuevo, subir sin cesar, sin descanso y sin sombra. Los caballos bufan, se

---

2   *Ciudad del sur argelino, en el desierto del Sahara. Capital de la provincia que lleva su nombre.*

hunden hasta las rodillas y resbalan al bajar por el otro lado de las sorprendentes colinas.

Éramos dos amigos seguidos por ocho *espahíes*[3] y cuatro camellos con sus camelleros. Ya no hablábamos, abrumados por el calor, la fatiga y resecos de sed como aquel desierto ardiente. De pronto, uno de aquellos hombres lanzó una especie de grito; todos se detuvieron y permanecimos inmóviles, sorprendidos por un fenómeno inexplicable conocido por los viajeros de estas tierras perdidas.

En alguna parte cerca de nosotros, en una dirección indeterminada, sonaba un tambor, el misterioso tambor de las dunas; sonaba distintamente, a veces más vibrante, y otras más débilmente, deteniéndose para luego reanudar su fantástico redoble.

Los árabes se miraron horrorizados, y uno dijo en su propia lengua: «La muerte nos acecha». Y de repente mi compañero, mi amigo, casi mi hermano, cayó del caballo de cabeza, fulminado por una insolación.

Y durante dos horas, mientras yo trataba en vano de salvarlo, aquel tambor esquivo me llenaba siempre el oído con su ruido monótono, intermitente e incomprensible; y sentí miedo, miedo de verdad, un miedo espantoso, deslizándose en mis huesos, frente a aquel cadáver amado, en aquel agujero incendiado por el sol entre cuatro montes de arena, mientras el eco desconocido nos lanzaba, a doscientas leguas de cualquier pueblo francés, el redoble rápido del tambor.

Aquel día comprendí lo que era tener miedo; pero lo supe mejor en otra ocasión...

El comandante interrumpió al narrador:

—Disculpe, caballero, ¿pero aquel tambor? ¿Qué era?

El viajero respondió:

—No lo sé. Nadie lo sabe. Los oficiales, a menudo sorprendidos por este ruido singular, lo atribuyen

---

3 *Soldado de caballería del ejercito francés en Argelia.*

generalmente al eco aumentado y multiplicado, desproporcionadamente hinchado por las ondulaciones de las dunas, de un granizo de granos de arena transportados por el viento y que golpean un matojo de hierba seca; pues siempre se ha observado que el fenómeno se produce en las proximidades de pequeñas plantas quemadas por el sol, y duras como el pergamino.

Por lo tanto, aquel tambor sólo sería una especie de espejismo sonoro. Eso es todo. Pero esto no lo supe hasta más tarde.

Ahora llego a mi segunda emoción.

Fue el invierno pasado, en un bosque del noreste de Francia. Tan oscuro estaba el cielo que la noche había llegado dos horas antes de lo previsto. Me guiaba un campesino que caminaba a mi lado, por un sendero muy estrecho, bajo una bóveda de abetos de los cuales el viento desatado sacaba aullidos. Entre las cimas, veía nubes en desorden, nubes angustiadas que parecían huir ante un horror. A veces, bajo una inmensa ráfaga, todo el bosque se inclinaba en la misma dirección con un gemido de sufrimiento; y me invadía el frío, a pesar de mi paso rápido y de mis pesadas ropas.

Debíamos cenar y dormir en casa de un guardabosques que no estaba muy lejos de nosotros. Iba allí a cazar.

Mi guía a veces levantaba la vista y susurraba: «¡Que tiempo tan triste!» Luego me hablaba de la gente a cuya casa íbamos. El padre había matado a un cazador furtivo dos años antes y desde entonces parecía sombrío, como atormentado por un recuerdo. Sus dos hijos, casados, vivían con él.

La oscuridad era profunda. No podía ver nada delante mí ni a mi alrededor, y todas las ramas de los árboles que chocaban entre sí llenaban la noche de un rumor incesante. Por fin vi una luz, y pronto mi compañero estaba llamando a una puerta. Nos respondieron gritos agudos de mujeres.

Luego una voz de hombre, una voz estrangulada, preguntó: «¿Quién va ahí?» Mi guía se dio su nombre. Entramos. Fue una estampa inolvidable.

Un anciano de pelo blanco y ojos enloquecidos, con un rifle cargado en la mano, nos esperaba de pie en medio de la cocina, mientras dos jóvenes corpulentos, armados con hachas, custodiaban la puerta. En los rincones oscuros pude distinguir a dos mujeres arrodilladas con el rostro oculto contra la pared.

Les dimos explicaciones. El viejo volvió a apoyar su arma contra la pared y ordenó que prepararan la habitación; entonces, como las mujeres no se movían, me dijo bruscamente:

—Verá, señor, esta noche, hace dos años, maté a un hombre. El año pasado volvió a buscarme. Esta noche le espero de nuevo.

Después añadió en un tono que me hizo sonreír:

—Así que no estamos tranquilos.

Le tranquilicé lo mejor que pude, contento de haber venido justo aquella noche para asistir al espectáculo de aquel terror supersticioso. Conté historias y conseguí más o menos calmar a casi todos.

Cerca de la chimenea, un perro viejo, casi ciego y bigotudo, uno de esos perros que se parecen a personas que conocemos, dormía con el hocico entre las patas.

Fuera, la intensa tormenta azotaba la casita, y a través de una estrecha ventana, una especie de mirilla colocada cerca de la puerta, pude ver de pronto todo un revoltijo de árboles zarandeados por el viento bajo el resplandor de grandes relámpagos.

A pesar de mis esfuerzos, podía sentir que un terror profundo se había apoderado de aquella gente, y cada vez que dejaba de hablar, todos los oídos escuchaban a lo lejos. Cansado de presenciar estos temores imbéciles, estaba a punto de pedir irme a la cama, cuando el viejo guarda saltó de repente de su silla, agarró de nuevo su escopeta y tartamudeó con voz confusa: «¡Ahí está, ahí está! Le oigo!» Las dos mujeres cayeron de nuevo de rodillas en sus rincones, cubriéndose el rostro y los hijos tomaron sus hachas. Iba a intentar tranquilizarles de nuevo, cuando el perro dormido se despertó bruscamente y, levantando la cabeza, estirando el cuello y mirando hacia el fuego con su ojo casi apagado, lanzó uno de esos aullidos lúgubres que hacen temblar a los viajeros por la noche en el campo.

Todas las miradas se fijaron en él, que ahora permanecía inmóvil levantado sobre sus patas como perseguido por una visión, y comenzó a aullar de nuevo hacia algo invisible, algo desconocido, espantoso sin duda, pues todo el pelo se le erizó. El guardia, lívido, gritó: «¡Lo huele! ¡Lo huele! Estaba allí cuando lo maté». Y las mujeres desquiciadas comenzaron a aullar con el perro.

A pesar mío, un gran escalofrío me recorrió la espalda. La visión del animal en aquel lugar, a aquella hora, entre aquella gente angustiada, era espantoso de contemplar.

Entonces, durante una hora, el perro aulló sin moverse; aulló como en la angustia de un sueño; y el miedo, el espantoso miedo entró en mí; ¿miedo a qué? ¿Acaso lo sabía? Era el miedo, eso era todo.

Permanecimos inmóviles, lívidos, esperando que sucediera algo terrible, con los oídos atentos, el corazón palpitante, alterados por el menor ruido. Y el perro empezó a dar vueltas por la habitación, olfateando las paredes y gimiendo. ¡Aquel animal nos estaba volviendo locos! Entonces el campesino que me había traído se lanzó sobre él en una especie de paroxismo de terror furioso y, abriendo una puerta que daba a un pequeño patio, arrojó al animal fuera.

Se calló de inmediato, y nosotros permanecimos sumidos en un silencio aún más aterrador. Y de pronto, todos juntos, nos sobresaltamos: un ser se deslizaba contra la pared exterior, por la parte del bosque. Luego, pasó contra la puerta, que pareció palpar con mano vacilante; después, durante dos minutos que nos hicieron enloquecer, no oímos nada; luego volvió, todavía rozando la pared; y la arañó ligeramente, como haría un niño con la uña; después, de repente, apareció una cabeza contra la el cristal de la mirilla de la ventana, una cabeza blanca con ojos luminosos como los de las fieras. Y de su boca salió un sonido, un sonido indistinto, un murmullo lastimero.

Entonces un ruido tremendo estalló en la cocina. El viejo guardia había disparado. Inmediatamente los hijos se precipitaron, cerraron la mirilla y levantaron la gran mesa, que aseguraron con el aparador.

Y les juro que al oír el disparo, que yo no esperaba, sentí tal angustia en el corazón, el alma y el cuerpo que me sentí desfallecer, a punto de morir de miedo.

Nos quedamos allí hasta el amanecer, incapaces de movernos, sin poder decir una palabra, crispados en un pánico indescriptible.

Sólo nos atrevimos a despejar la salida cuando vimos un delgado rayo de luz a través de la rendija de un alero.

Al pie de la pared, contra la puerta, yacía el viejo perro, con el hocico destrozado por una bala.

Había salido del patio cavando un agujero bajo la valla.

El hombre de rostro bronceado guardó silencio; luego añadió:

—Aquella noche, sin embargo, no corrí peligro alguno; pero preferiría pasar de nuevo todas las horas en que me enfrenté a los peligros más terribles, antes que el solo minuto del disparo sobre la cabeza barbuda de la mirilla.

Le Gaulois, 23 de octubre de 1882

EL LOBO
(LE LOUP, 1882)

Esto es lo que nos contó el viejo marqués d'Arville al final de la cena de San Huberto[1], en casa del barón des Ravels.
Aquel día, habíamos perseguido un ciervo. El marqués era el único de los convidados que no había participado en aquella batida, pues no cazaba nunca.
Durante toda aquella gran cena, apenas se había hablado de otra cosa que de matanzas de animales. Incluso las mujeres se interesaban por las historias sangrientas y a menudo inverosímiles, y los oradores remedaban los ataques y combates de hombres contra animales, levantaban los brazos y relataban con voz atronadora.
El señor d'Arville hablaba bien, con cierta poesía un poco rimbombante, pero llena de efecto. Debía de haber repetido esta historia a menudo porque la contaba con fluidez, sin vacilar en las palabras hábilmente elegidas para crear una imagen.

---
1 *Huberto de Lieja, (657-727) es el patrono de los cazadores. Su festividad se celebra el 3 de noviembre.*

«Caballeros, nunca he cazado, ni mi padre, ni mi abuelo, ni mi bisabuelo. Este último era hijo de un hombre que cazó más que cualquiera de ustedes. Murió en 1764. Les diré cómo.

Se llamaba Jean, estaba casado, fue el padre del niño que fue mi tatarabuelo y vivía con su hermano menor, François d'Arville, en nuestro castillo de Lorena, en pleno bosque.

François d'Arville se había quedado soltero por amor a la caza.

Ambos cazaban durante todo el año, sin descanso, sin interrupción, sin fatiga. No amaban nada más, no entendían de nada más, no hablaban de nada más, no vivían para nada más.

Tenían en sus corazones esta terrible e inexorable pasión. Los abrasaba, los había invadido por completo sin dejar espacio para nada más.

Habían prohibido que se les molestara mientras cazaban, bajo cualquier pretexto. Mi tatarabuelo nació mientras su padre perseguía a un zorro, y Jean d'Arville no interrumpió su carrera sino que con un juramento dijo: «¡Caramba, ese bribón podría haber esperado hasta después del toque de cuerno!»

Su hermano François era aún más entusiasta que él. En cuanto se levantaba, iba a ver a los perros, luego a los caballos, después disparaba a los pájaros alrededor del castillo hasta que llegaba la hora de salir a perseguir a algún animal grande.

En la región les llamaban el señor Marqués y el señor Benjamín, ya que los nobles de entonces no hacían, como la nobleza de ocasión de nuestro tiempo, que quiere establecer en los títulos una jerarquía descendente, pues el hijo de un marqués ya no es conde, ni el hijo de un vizconde barón, y el hijo de un general no es coronel de nacimiento. Pero la mezquina vanidad del momento encuentra provecho de este arreglo.

Vuelvo a mis antepasados.

Eran, al parecer, desproporcionadamente altos, huesudos, peludos, violentos y vigorosos. El más joven, aún más alto que el mayor, tenía una voz tan fuerte que, según una leyenda de la que estaba orgulloso, todas las hojas del bosque se agitaban cuando gritaba.

Y cuando ambos ensillaban para ir de caza, debía de ser un gran espectáculo ver a aquellos dos gigantes a horcajadas sobre sus grandes caballos.

Ahora bien, hacia mediados del invierno de aquel año de 1764, los fríos se hicieron excesivos y los lobos se volvieron feroces.

Atacaban incluso a los campesinos rezagados, merodeaban de noche por las casas, aullaban de sol a sol y vaciaban los establos.

Y en seguida circuló un rumor. Se hablaba de un lobo colosal, de pelaje gris, casi blanco, que se había comido a dos niños, había devorado el brazo de una mujer, estrangulado a todos los perros guardianes de la región y entrado sin miedo en los recintos para olfatear por debajo de las puertas. Todos los habitantes afirmaron haber sentido su aliento, que hacía parpadear la llama de las velas. Pronto cundió el pánico en toda la provincia. Nadie se atrevía a salir en cuanto caía la noche. La oscuridad parecía perseguida por la imagen de aquel animal...

Los hermanos Arville decidieron encontrarlo y matarlo, e invitaron a todos los caballeros del país a grandes cacerías.

Fue en vano. No importa cuántas veces batieran los bosques y arbustos, nunca lo encontraban. Mataban lobos, pero no a ese. Y cada noche, después de la batida, el animal, como en venganza, atacaba a algún viajero o devoraba alguna cabeza de ganado, siempre lejos del lugar donde se le había buscado.

Una noche, finalmente, entró en la pocilga del castillo de Arville y se comió a dos de los cerdos mejor criados.

Los dos hermanos montaron en cólera, considerando aquel ataque como una bravuconada del monstruo, un insulto directo, un desafío. Tomaron todos sus mejores sabuesos, acostumbrados a perseguir bestias temibles y salieron en su persecución con el corazón excitado por la rabia.

Desde el amanecer hasta la hora en que el sol púrpura desciende tras los grandes árboles desnudos, batieron las malezas sin encontrar nada.

Finalmente, ambos, furiosos y desolados, regresaban al paso de sus caballos por un sendero bordeado de matorrales, asombrándose de que su ciencia hubiera sido frustrada por este lobo, repentinamente dominados por una especie de temor misterioso.

El mayor dijo:

—Esta bestia no es ordinaria. Parece pensar como un hombre.

El más joven respondió:

—Tal vez deberíamos hacer bendecir una bala por nuestro primo el obispo, o pedir a algún sacerdote que diga las palabras adecuadas.

Entonces se callaron.

Jean continuó:

—Mira que rojo esta el sol. Esta noche el gran lobo va a hacer alguna maldad.

No había terminado de hablar cuando su caballo se encabritó; el caballo de François empezó a dar coces. Un gran arbusto cubierto de hojas muertas se abrió ante ellos, y un animal colosal, todo gris, se levantó de un salto y corrió a través del bosque.

Ambos soltaron una especie de gruñido de alegría, e inclinándose sobre los cuellos de sus pesados caballos, los lanzaron hacia adelante con el empuje de todo el cuerpo, lanzándolos con tal velocidad, excitándolos, conduciéndolos y enloqueciéndolos con la voz, el gesto y la espuela, que los fuertes jinetes parecían llevar a las pesadas bestias entre los muslos y levantarlas como si salieran volando.

Así iban, a galope, a través de la maleza, cortando los barrancos, escalando las colinas, descendiendo por los desfiladeros y haciendo sonar sus cuernos a pleno pulmón para atraer a su gente y a sus perros.

Y de repente, en esta frenética carrera, mi antepasado golpeó con la frente una enorme rama, que le partió el cráneo, y cayó muerto al suelo, mientras su caballo, presa del pánico, huía y desaparecía entre las sombras que envolvían al bosque.

El menor de los d'Arville se detuvo en seco, saltó al suelo, cogió a su hermano en brazos y vio que los sesos salían de la herida junto con la sangre.

Entonces se sentó junto al cadáver, apoyó la cabeza desfigurada y enrojecida sobre sus rodillas y esperó, contemplando el rostro inmóvil del mayor. Poco a poco se apoderó de él un miedo singular que nunca había sentido antes, el miedo a las sombras, a la soledad, al bosque desierto y el miedo al lobo fantástico que acababa de matar a su hermano para vengarse de ellos.

La tinieblas se hicieron mas espesas, el frío cortante hizo crujir los árboles. François se levantó, temblando, incapaz de permanecer allí más tiempo, sintiéndose a punto de desfallecer. No se oía nada, ni los ladridos de los perros ni el sonido de los cuernos, todo había enmudecido por el horizonte invisible, y aquel silencio lúgubre del atardecer helado tenía algo de aterrador y de extraño.

Agarró el gran cuerpo de Jean con sus manos de coloso, lo levantó y lo puso sobre la montura para llevarlo de vuelta al castillo; luego volvió a ponerse en marcha lentamente, con la mente turbada como si estuviera borracho, perseguido por imágenes horribles y extrañas.

Y de repente, por el camino invadido por la oscuridad, pasó una enorme forma. Era el animal. Un escalofrío de terror se deslizó por su espalda, y como un monje perseguido por el diablo, se santiguó, angustiado por el regreso repentino del espantoso merodeador. Pero sus ojos volvieron a posarse en el cuerpo sin vida que yacía ante él, y de repente, pasando del terror a la cólera, se estremeció con una rabia desmedida.

Entonces espoleó a su caballo y corrió tras el lobo.

Lo siguió a través de los montes, los barrancos y las arboledas, atravesando bosques que ya no reconocía, con la vista fija en la mancha blanca que huía en la noche que había descendido sobre la tierra.

También su caballo parecía animado por una fuerza y un ardor desconocidos. Galopaba con el cuello estirado, recto, golpeando los árboles y rocas con la cabeza y los pies del muerto atravesado sobre la silla. Las zarzas le arrancaban los cabellos. Su frente, golpeando los enormes troncos, los salpicaba de sangre. Las espuelas desgarraban jirones de corteza.

Y de repente, el animal y el jinete salieron del bosque y corrieron hacia un valle mientras la luna aparecía sobre las montañas. Este era un valle pedregoso, cerrado por enormes rocas, sin salida; y el lobo acorralado dio media vuelta.

François lanzó entonces un aullido de alegría que los ecos repitieron como un trueno y saltó del caballo, cuchillo en mano.

La bestia erizada, con su lomo arqueado, le esperaba. Sus ojos brillaban como dos estrellas. Sin embargo, antes de darle batalla, el fuerte cazador, agarrando a su hermano, lo sentó sobre una roca y sosteniendo con piedras la cabeza que no era ya mas que una mancha de sangre, le gritó al oído, como si hablara a un sordo: «¡Mira, Jean, mira esto!».

Luego se lanzó sobre el monstruo. Se sintió tan fuerte como para derribar una montaña, como para aplastar piedras entre sus manos. El animal quería morderle, buscando abrirle el vientre; pero él lo había agarrado por el cuello, sin ni siquiera usar su arma, y la estrangulaba despacio, escuchando como se detenían las respiraciones en su garganta y los latidos de su corazón. Y reía, gozando locamente, apretando cada vez más su formidable abrazo, gritando en un delirio de alegría: «¡Mira, Jean, mira!»

Toda resistencia cesó; el cuerpo del lobo se puso flácido. Estaba muerto.

Entonces François, cogiéndolo en brazos, se lo llevó y lo arrojó a los pies del mayor, repitiendo con voz tierna: «¡Mira, mira, mira, mi pequeño Jean, aquí lo tienes!»

Luego colocó los dos cadáveres, uno encima del otro, sobre su montura; y se puso en camino de nuevo.

Volvió al castillo, riendo y llorando, como Gargantúa en el nacimiento de Pantagruel, gritando de triunfo y dando pisotones de alegría cuando contaba la muerte del animal, y gimiendo y mesándose la barba cuando contaba la de su hermano.

Y a menudo, más tarde, cuando hablaba de aquel día, decía con lágrimas en los ojos: «¡Si el pobre Jean hubiera podido verme estrangular al otro, habría muerto feliz, estoy seguro!».

La viuda de mi antepasado inculcó a su hijo huérfano un horror a la caza que se ha transmitido de padres a hijos hasta mí.

☙❧

El marqués de Arville guardó silencio. Alguien preguntó:
—Esa historia es una leyenda, ¿verdad?
Y el narrador respondió:
—Les juro que es verdad de cabo a rabo.
Entonces una mujer declaró con una voz suave:
—Da igual, es hermoso tener pasiones así.

Le Gaulois, 14 de noviembre de 1882

APARICIÓN
(APPARITION, 1883)

Se hablaba de secuestros en relación con un proceso reciente. Era al final de una velada íntima, en la calle Grenelle, en una casa antigua y todos tenían una historia, una historia que afirmaban ser cierta.

Entonces el anciano marqués de La Tour-Samuel, de ochenta y dos años, se levantó y vino a apoyarse en la chimenea. Con la voz un poco temblorosa, dijo:

«Yo también sé algo extraño, tan extraño, que ha sido la obsesión de mi vida. Hace ahora cincuenta y seis años que me sucedió esta aventura y no pasa ni un mes en que no la reviva en sueños. De ese día, todavía tengo una marca, una huella de miedo, ¿me entienden? Sí, sufrí un espantoso terror durante diez minutos de tal manera que desde aquella hora ha quedado una especie de temor constante en mi alma. Ruidos inesperados me estremecen el corazón, los objetos que apenas puedo distinguir en las sombras de la noche me provocan un loco deseo de huir. En resumen, tengo miedo de la noche.

¡Oh! No habría confesado esto hasta alcanzar la edad que tengo. Ahora puedo contarlo todo. Cuando se tiene ochenta y dos años se está permitido no ser valiente ante peligros imaginarios. Ante los peligros reales, nunca he retrocedido, señoras.

Esta historia trastornó tanto mi mente, me perturbó tan profundamente, tan misteriosamente, tan terriblemente, que jamás la he contado. La he guardado muy dentro de mí, en ese fondo profundo donde escondemos los secretos dolorosos, los secretos vergonzosos, todas las debilidades inconfesables que tenemos en nuestra existencia.

Les contaré la aventura tal como ocurrió, sin pretender explicarla. Seguro que tendrá una explicación, a menos que haya tenido mi momento de locura. Pero no, no estaba loco, y se lo demostraré. Imaginen lo que quieran. Estos son los hechos.

Fue en 1827, en el mes de julio. Yo me encontraba de guarnición en Ruan.

Un día, mientras caminaba por el muelle, me encontré con un hombre al que creí reconocer sin recordar exactamente quién era. Instintivamente hice un movimiento para detenerme. El desconocido notó el gesto, me miró y se me echó en los brazos.

Era un amigo de juventud a quien yo había querido mucho. En los cinco años que no lo había visto, parecía haber envejecido medio siglo. Su cabello estaba todo blanco y caminaba encorvado, como fatigado.

Comprendió mi sorpresa y me habló de su vida. Una terrible desgracia le había destrozado.

Se había enamorado locamente de una joven y se había casado con ella en una especie de éxtasis de felicidad. Después de un año de dicha sobrehumana y pasión insaciable, había muerto repentinamente de una enfermedad cardíaca, sin duda muerta por el mismo amor.

Había dejado su finca en el campo el mismo día del funeral y se había ido a vivir a su casa de Ruan. Allí vivía solo y desesperado, consumido por el dolor, tan desgraciado que sólo pensaba en el suicidio.

—Ya que te encuentro de este modo —me dijo—, te voy a pedir que me hagas un gran favor, que vayas a buscar a mi casa de campo en el escritorio de mi cuarto, de nuestro cuarto, unos papeles que necesito urgentemente. No puedo encomendar esta tarea a un subordinado o a un hombre de negocios, ya que exijo una discreción impenetrable y un silencio absoluto. En cuanto a mí, por nada del mundo volvería a aquella casa.

»Te daré la llave de la habitación que cerré cuando me marché y la llave de mi escritorio. También le entregarás una nota mía al jardinero quien te abrirá la casa.

»Pero ven a almorzar conmigo mañana y hablaremos de ello.

Le prometí hacerle este pequeño servicio. Además, para mí era sólo un paseo ya que su propiedad estaba situada a unas cinco leguas de Ruan. No era más que una hora a caballo.

A las diez de la mañana del día siguiente estaba en su casa. Almorzamos juntos, pero no pronunció ni veinte palabras. Me rogó que lo disculpara, el pensamiento de la visita que iba a hacer a aquella habitación donde yacía su felicidad, lo trastornaba, me dijo. Me pareció, en efecto, singularmente agitado, preocupado, como si en su alma se estuviese librando una misteriosa batalla.

Finalmente me explicó exactamente lo que tenía que hacer. Era bastante sencillo. Debía tomar dos paquetes de cartas y un fajo de papeles que estaban guardados en el primer cajón de la derecha del mueble cuya llave tenía.

—No necesito pedirte que no los mires —añadió.

Casi me dolieron esas palabras y así se lo dije un tanto bruscamente.

Él tartamudeó:
—Perdóname, sufro demasiado.
Y comenzó a llorar.
Lo dejé a la una para cumplir mi misión. El tiempo era espléndido y yo trotaba por los prados, escuchando los cantos de las alondras y el sonido rítmico de mi sable contra mi bota.
Luego entré en el bosque y puse a mi caballo al paso. Las ramas de los árboles acariciaban mi cara y a veces cogía alguna hoja con los dientes y la masticaba con avidez en una de esas alegrías de vivir que nos llenan, no sabemos bien por qué, de una alegría tumultuosa y como esquiva, de una especie de embriaguez de fuerza.
Al acercarme a la casa, busqué en mi bolsillo la carta que llevaba para el jardinero y descubrí con sorpresa que estaba sellada. Estaba tan sorprendido e irritado que estuve a punto de darme la vuelta sin cumplir con mi encargo. Entonces pensé que así mostraría una desconfianza de mal gusto. Mi amigo había podido cerrar la carta sin darse cuenta en la confusión en la que se encontraba.
La mansión parecía abandonada desde hacía veinte años. El portón, abierto y podrido, se mantenía en pie no se sabe cómo. La hierba llenaba los caminos, los arriates de flores ya no se distinguían del césped.
Al ruido que hice pateando un postigo, un anciano salió por una puerta lateral y se quedó asombrado de verme. Salté al suelo y le entregué mi carta. La leyó, la releyó, le dio la vuelta, me miró, se guardó el papel en el bolsillo y dijo:
—Y bien, ¿qué es lo que desea?
Respondí bruscamente:
—Debería saberlo ya que ha recibido en esa carta las instrucciones. Quiero entrar en la casa.
Pareció aterrado. Declaró:
—¿Así que va a... su habitación?

Estaba empezando a perder la paciencia.

—¡Pardiez! Pero, ¿tiene usted acaso la intención de interrogarme?

Balbuceó:

—No...señor... pero es porque... no se ha abierto desde... desde la...muerte. Si quiere esperarme cinco minutos, voy a ir a... voy ir a ver si...

Lo interrumpí lleno de cólera:

—¡Ah! Vaya, ¿se burla de mí? Usted no puede entrar, ya que aquí está la llave.

Él ya no sabía qué decir.

—Entonces, señor, le mostraré el camino.

—Muéstreme las escaleras y déjeme en paz. La encontraré bien sin usted.

—Pero... señor... sin embargo...

Esta vez, me enojé por completo:

—Cállese ya, ¿de acuerdo? o tendrá que vérselas conmigo.

Lo aparté violentamente y entré en la casa.

Atravesé primero la cocina, luego dos pequeños cuartos que este hombre ocupaba con su esposa. Luego pasé por un gran vestíbulo, subí las escaleras y reconocí la puerta indicada por mi amigo.

Lo abrí sin dificultad y entré.

La estancia estaba tan oscura que al principio no pude distinguir nada. Me detuve, presa de ese olor mohoso e insípido de las habitaciones deshabitadas y condenadas, de las habitaciones muertas. Luego, poco a poco, mis ojos se fueron acostumbrando a la oscuridad y vi muy claramente una alcoba grande, desordenada, con una cama sin sábanas pero que conservaba los colchones y las almohadas, una de las cuales tenía la huella profunda de un codo o una cabeza como si alguien acabara de apoyarse en ella.

Los asientos parecían en desorden. Observé que una puerta, sin duda la de un armario, había quedado entreabierta.

Me acerqué primero a la ventana para que entrara la luz y la abrí, pero los herrajes de la contraventana estaban tan oxidados que no pude hacer que cedieran. Traté incluso sin éxito de romperlos con mi sable. Como estaba irritado por estos esfuerzos inútiles y como mis ojos por fin se habían acostumbrado perfectamente a la penumbra, abandoné la esperanza de ver más claramente y me dirigí al escritorio.

Me senté en un sillón, bajé la tapa y abrí el cajón indicado. Estaba lleno hasta arriba. Sólo necesitaba tres paquetes, que sabía cómo reconocer, y me puse a buscarlos.

Abría mucho los ojos para descifrar los sobrescritos, cuando me pareció oír o más bien sentir un roce detrás de mí. No le presté la menor atención, pensando que una corriente de aire habría hecho moverse a alguna tela. Pero, al cabo de un minuto, otro movimiento, casi indistinto, hizo que un pequeño y extraño escalofrío desagradable recorriera mi piel. Era tan estúpido inquietarse, aunque fuera un poco, que no quise darme la vuelta por pudor hacia mí mismo. Acababa entonces de descubrir el segundo de los paquetes que necesitaba y estaba a punto de encontrar el tercero, cuando un largo y doloroso suspiro, lanzado contra mi espalda, me hizo saltar como un loco a dos metros de distancia. En el impulso me había dado la vuelta, con la mano en la empuñadura del sable, y ciertamente, de no haberlo sentido a mi lado, habría huido como un cobarde.

Una mujer alta vestida de blanco me miraba fijamente, de pie tras el sillón donde yo había estado sentado un segundo antes.

¡Una sacudida tal recorrió mis miembros que casi me caigo de espaldas! ¡Oh! Nadie puede comprender, a menos que los haya sentido, esos espantosos y estúpidos terrores.

El alma se derrite; ya no se siente el corazón; todo el cuerpo se vuelve blando como una esponja; se diría que todo nuestro interior se desmorona.

No creo en fantasmas, y ¡aun así! Me sentí desfallecer bajo el horrible miedo a los muertos, y sufrí, ¡oh! sufrí en aquellos instantes más que en todo el resto de mi vida, con la angustia irresistible de los terrores sobrenaturales.

¡Si ella no hubiera hablado, quizá me habría muerto! Pero habló. Habló con una voz dulce y dolorosa que hacía vibrar los nervios. No me atrevería a decir que recuperé el control de mí mismo y que recuperé la cordura. No. Estaba angustiado por no saber lo que hacía; pero esta especie de altivez íntima que tengo de mí, un poco de orgullo profesional también, me hizo conservar, casi a mi pesar, una compostura honorable. Aparentaba para mí mismo y para ella, y para ella sin duda, quienquiera que fuese, mujer o espectro. De todo esto me di cuenta más tarde, porque les aseguro que en el momento de la aparición, no pensaba en nada. Tenía miedo.

Ella dijo:

—¡Oh! ¡Señor, usted puede hacerme un gran favor!

Quise responder, pero me fue imposible pronunciar una palabra. Un ruido vago salió de mi garganta.

Continuó:

—¿Quiere usted? Puede usted salvarme, curarme. Sufro terriblemente. Sufro, ¡Oh, cuanto sufro!

Y se sentó tranquilamente en la silla. Me miró:

—¿Quiere?

Dije «si» con la cabeza, con la voz aún paralizada.

Luego me tendió un peine de carey y susurró:

—¡Péineme!, ¡Ay, péineme; eso me curará!. Necesito que me peinen. Mire mi cabeza... Como sufro; y el pelo ¡que daño me hace!

Su cabello suelto, muy largo, muy negro, me pareció, colgaba sobre el respaldo de la silla y tocaba el suelo.

¿Por qué hice aquello? ¿Por qué recibí este peine con un estremecimiento y por qué tomé su largo cabello entre mis manos, que hacía que mi piel se sintiera atrozmente fría como si hubiera tocado serpientes? No lo sé.

Aquella sensación se me quedó en los dedos y me estremezco al pensar en ella.

La peiné. Manejé no sé cómo aquella caballera helada. La retorcí, la até y la desaté; la trencé como se trenzan las crines de un caballo. Ella suspiraba, inclinaba la cabeza, parecía feliz.

De repente me dijo: «¡Gracias!» Me arrebató el peine de las manos y huyó por la puerta que había visto entreabierta.

Me quedé solo, y tuve, durante unos segundos, esa confusión alarmante del que despierta después de una pesadilla. Entonces, cuando finalmente recuperé mis sentidos; corrí hacia la ventana y rompí los postigos con un furioso empujón.

Un torrente de luz entró. Corrí hacia la puerta por donde había salido aquel ser. La encontré cerrada e inquebrantable.

Entonces me invadió una fiebre de huida, un pánico, el verdadero pánico de las batallas. Agarré bruscamente los tres paquetes de cartas del escritorio abierto, crucé el aposento corriendo, salté los escalones de cuatro en cuatro, me encontré fuera no sé por dónde y viendo a mi caballo a diez pasos de mí, lo monté de un salto y salí al galope.

No me detuve hasta llegar a Ruan delante de mi casa. Habiendo tirado las bridas a mi ordenanza, huí a mi habitación, donde me encerré para reflexionar.

Entonces, durante una hora, me pregunté ansiosamente si no había sido el juguete de una alucinación. Ciertamente, había tenido uno de esos incomprensibles sobresaltos nerviosos, uno de esos trastornos del cerebro que engendran los milagros, a los cuales lo Sobrenatural debe su poder.

Y estaba a punto de creer en una visión, en un error de mis sentidos, cuando me acerqué a la ventana. Mis ojos, por casualidad, bajaron a mi pecho. ¡La chaqueta de mi uniforme estaba llena de largos cabellos de mujer que se habían enredado en los botones!

Los agarré uno por uno y los tiré con escalofríos en los dedos.

Entonces llamé a mi ordenanza. Me sentía demasiado conmovido, demasiado alterado, para ir a casa de mi amigo ese mismo día. Y además quería reflexionar detenidamente sobre qué debía decirle.

Hice que le entregaran sus cartas, por las cuales le dio un recibo al soldado. Preguntó mucho sobre mí. Le dijeron que estaba indispuesto, que me había quemado por el sol, no sé qué. Parecía preocupado.

Fui a su casa al día siguiente, al amanecer, decidido a decirle la verdad. Había salido la noche anterior y no había regresado.

Volví durante el día, no se le había visto aún. Esperé una semana. No reaparecía. Entonces avisé a la justicia. Lo hicieron buscar por todas partes sin encontrar rastro alguno ni de su paso ni de su retiro.

Se hizo una minuciosa visita a la mansión abandonada. No se encontró nada sospechoso.

No había pista alguna de que una mujer hubiera estado escondida allí.

Como la investigación quedó en nada, se interrumpió la búsqueda.

Y desde hace cincuenta y seis años aún no me he enterado de nada. No sé nada más.

Le Gaulois, 4 de abril de 1883

¿Él?
(LUI?, 1883)

A Pierre Decourcelle[1].

Mi querido amigo, no entiendes nada... y lo comprendo. ¿Crees que me he vuelto loco? Puede que un poco, pero no por las razones que supones.
Pero sí. Eso es. Me caso.
Sin embargo, mis ideas y convicciones no han cambiado. Considero que la unión legal es una estupidez. Estoy seguro de que ocho de cada diez maridos son cornudos. Y no se merecen menos por haber cometido la imbecilidad de encadenar sus vidas, de renunciar al amor libre, lo único bueno y alegre del mundo, de cortar las alas a la fantasía que nos empuja constantemente a todas las mujeres, etc., etc. Me siento más incapaz que nunca de amar a una sola mujer porque siempre amaré demasiado a todas las demás. Quisiera tener mil brazos, mil labios y mil... temperamentos para poder abrazar al mismo tiempo a un ejército de estos seres encantadores y sin importancia.

---

1 *Pierre Adrien Decourcelle (25 de Enero de 1856 - 10 de Octubre de 1926) fue un novelista y dramaturgo francés.*

Y sin embargo me caso.

Debo añadir que apenas conozco a mi futura esposa. Sólo la he visto cuatro o cinco veces. Sé que no me desagrada; eso es suficiente para lo que quiero hacer con ella. Es pequeña, rubia y gruesa. Pasado mañana desearé ardientemente una mujer alta, morena y delgada.

No es rica. Pertenece a una familia media. Es una joven del tipo que se encuentra a montones en la burguesía ordinaria, buena para casarse, sin cualidades ni defectos aparentes. Se dice de ella: «La señorita Lajolle es muy simpática». Mañana dirán: «Es sumamente simpática, la señorita Raymon». En fin, que pertenece a la legión de jóvenes honradas «con la que uno es feliz en casarse» hasta el día en que uno descubre que prefiere precisamente, a todas las demás mujeres que a la que ha elegido.

Entonces, ¿por qué casarse? Dirás.

Apenas me atrevo a confesarte la extraña e improbable razón que me impulsa a este acto demencial.

¡Me caso para no estar solo!

No sé cómo decir esto, cómo hacerme entender. Me compadecerás y me despreciarás, tan miserable es mi estado de ánimo.

No quiero estar solo, por la noche. Quiero sentir un ser cerca de mí, junto a mí, un ser que pueda hablar, decir algo, sea lo que sea.

Quiero poder romper su sueño; hacerle de pronto cualquier pregunta, una pregunta estúpida para oír una voz, sentir mi casa habitada, sentir un alma despierta, un razonamiento en marcha, ver, al encender de pronto mi vela, una figura humana a mi lado..., porque... porque... (no me atrevo a confesar esta vergüenza)... porque tengo miedo si estoy solo.

Oh, sigues sin entenderme.

No tengo miedo de ningún peligro. Si entrara un hombre, lo mataría sin estremecerme. No tengo miedo de los fantasmas; no creo en lo sobrenatural. No temo a los muertos; ¡creo en la aniquilación definitiva de todo ser que desaparece!

Entonces... Sí, entonces... Bueno, ¡tengo miedo de mí mismo! Tengo miedo al miedo; a los espasmos de mi mente que se intranquiliza, miedo a esta horrible sensación de terror incomprensible.

Ríete si quieres. Es horrible, insoportable. Tengo miedo a las paredes, a los muebles, a los objetos familiares que se animan para mí con una especie de vida animal. Tengo miedo, sobre todo, del horrible desorden de mis pensamientos, de mi razón revuelta que se me escapa dispersada por una angustia misteriosa e invisible.

Al principio siento una vaga ansiedad que me atraviesa el alma y me produce un escalofrío en la piel. Miro a mi alrededor. Nada. ¡Y me gustaría tener algo! ¿Qué? Algo comprensible. Porque tengo miedo sólo porque no entiendo mi miedo.

Hablo: tengo miedo de mi voz. Camino: tengo miedo de lo desconocido detrás de la puerta, detrás de la cortina, en el armario, debajo de la cama. Y, sin embargo, sé que no hay nada.

Me doy la vuelta bruscamente porque tengo miedo de lo que hay detrás de mí, aunque no haya nada y lo sepa.

Me inquieto, siento que crece mi espanto y me encierro en mi cuarto; y me hundo en mi cama, y me escondo bajo las sábanas; y acurrucado, enrollado como un ovillo, cierro los ojos desesperadamente y permanezco así un tiempo infinito con la idea de que mi vela sigue encendida en mi mesilla y que debería apagarla. Y no me atrevo.

¿No es horrible estar así?

Antes no tenía esos sentimientos. Solía volver a casa tranquilamente. Iba y venía por mi casa sin que nada perturbase la serenidad de mi alma. Si alguien me hubiera dicho qué enfermedad del miedo inconcebible, estúpida y terrible debía apoderarse de mí un día, me hubiera reído mucho. Abría las puertas en la oscuridad con confianza; me acostaba despacio, sin echar los cerrojos, y nunca me levantaba en mitad de la noche para asegurarme de que todas las salidas de mi habitación estuvieran perfectamente cerradas.

Ésto comenzó el año pasado de una manera peculiar.

Fue en otoño, en una noche húmeda. Cuando mi criada se había marchado, después de cenar, me pregunté qué iba a hacer. Caminé un rato por mi habitación. Me sentía cansado, angustiado sin motivo, incapaz de trabajar, sin fuerzas ni siquiera para leer. Una fina lluvia mojaba los cristales; estaba triste, completamente invadido por una de esas tristezas sin causa que dan ganas de llorar, que dan ganas de hablar con cualquiera para sacudir la pesadez de nuestros pensamientos.

Me sentía solo. Mi casa parecía tan vacía como nunca lo había estado. Una soledad infinita y angustiosa me rodeaba. ¿Qué podía hacer? Me senté. Entonces una impaciencia nerviosa recorrió mis piernas. Me levanté y eché a andar de nuevo. Tal vez también tenía un poco de fiebre, porque notaba como mis manos, que mantenía juntas detrás de la espalda, como se hace a menudo cuando se camina despacio, se quemaban mutuamente. De repente, un escalofrío me recorrió la espalda. Pensé que la humedad del exterior estaba entrando en la casa y me vino la idea de encender la chimenea. Encendí el fuego; era la primera vez en todo el año. Y volví a sentarme, mirando las llamas. Pero pronto la imposibilidad de permanecer quieto me hizo levantarme de nuevo y sentí que tenía que salir, moverme, encontrar a un amigo.

Salí. Fui a casa de tres amigos a los que no encontré; luego me dirigí al bulevar, decidido a descubrir a alguien conocido.

Todo estaba triste. Las aceras empapadas brillaban. Una tibieza de agua, una de esas tibiezas que te congelan con súbitos escalofríos, una pesada tibieza de lluvia impalpable abrumaba la calle, parecía cansar y oscurecer la llama del gas.

Caminaba con paso apacible, repitiéndome: «No encontraré a nadie con quien hablar».

Inspeccioné varias veces los cafés, desde la Madeleine hasta el *faubourg* Poissonnière. Personas tristes, sentadas a las mesas, parecían ni siquiera tener fuerzas para terminar sus bebidas.

Vagué así durante mucho tiempo y hacia medianoche me dispuse a volver a casa. Estaba muy tranquilo, pero muy cansado. Mi portero, que se acuesta antes de las once me abrió enseguida, contrariamente a su costumbre y pensé: «Bueno, probablemente acaba de subir otro inquilino».

Cuando salgo de casa, siempre doy dos vueltas de llave a mi puerta. La encontré simplemente cerrada y me llamó la atención. Supuse que habrían subido cartas por la noche.

Entré. El fuego seguía encendido e incluso iluminaba un poco el apartamento. Cogí una vela para encenderla en la chimenea, cuando, al mirar en frente de mí, vi a alguien sentado en mi sillón, calentándose los pies de espaldas a mí.

No tuve miedo, oh, no, en absoluto. Una suposición muy probable cruzó por mi mente: la de que uno de mis amigos había venido a verme. La portera, que había sido avisada por mí cuando me marché, le habría dicho que volvería pronto y le habría prestado la llave. Y todas las circunstancias de mi regreso, en un segundo, volvieron a mi mente: el cordón del que habían tirado en seguida, mi puerta sólo entornada.

Mi amigo, del que sólo podía ver el pelo, se había quedado dormido frente a mi chimenea y me adelanté para despertarlo. Podía verle perfectamente, uno de sus brazos colgaba a la derecha; sus pies estaban cruzados uno sobre otro; su cabeza, inclinada un poco hacia el lado izquierdo del sillón, era una clara señal de que dormía. Me pregunté: «¿Quién es?» Se podía ver poco en la habitación. Alargué la mano para tocarle el hombro.

¡Me encontré con la madera del asiento! No había nadie. ¡La silla estaba vacía!

¡Qué sobresalto, piedad!

Al principio retrocedí como si un terrible peligro hubiera aparecido ante mí.

Entonces me di la vuelta, sintiendo a alguien a mis espaldas y al instante una necesidad imperiosa de volver a mirar el sillón me hizo girarme. Y me quedé de pie jadeando de miedo, tan angustiado que no podía pensar en otra cosa, a punto de desmayarme.

Pero soy un hombre de sangre fría, y en seguida recobré la razón. Pensé: «He tenido una alucinación, eso es todo». E inmediatamente pensé en este fenómeno. Mi mente funciona deprisa en esos momentos.

Había tenido una alucinación: era un hecho innegable. Pero mi mente había permanecido lúcida todo el tiempo, funcionando con regularidad y lógica. Así que no había ningún trastorno en el cerebro. Sólo los ojos se habían equivocado, habían engañado a mi pensamiento. Los ojos habían tenido una visión, una de esas visiones que hacen creer a los ingenuos en los milagros. Había sido un accidente nervioso del aparato óptico, nada más, una pequeña congestión tal vez.

Y encendí mi vela. Cuando me incliné hacia el fuego, vi que temblaba y me levanté con una sacudida, como si me hubieran tocado por detrás.

Desde luego, no estaba tranquilo.

Di unos pasos; hablé en voz alta. Canté algunos estribillos en voz baja.

Luego cerré la puerta de mi habitación con doble llave y me tranquilicé un poco. Al menos, nadie podría entrar.

Volví a sentarme y reflexioné bastante rato sobre mi aventura, luego me acosté y apagué la luz. Durante unos minutos todo fue bien. Me tumbé boca arriba, muy tranquilo. Entonces sentí la necesidad de mirar mi habitación y me eché sobre un costado.

A mi fuego sólo le quedaban dos o tres tizones rojos que iluminaban precisamente las patas del sillón y me pareció ver de nuevo al hombre sentado en el.

Encendí una cerilla con un movimiento rápido. Me había equivocado, no veía nada.

Sin embargo, me levanté y fui a esconder el sillón detrás de la cama.

Después volviendo a la oscuridad intenté dormirme. No había estado dormido más de cinco minutos, cuando vi, en sueños, y con la misma claridad que en la realidad, toda la escena de la noche. Me desperté enloquecido, y habiendo encendido la luz de la casa, permanecí sentado en la cama, sin atreverme a intentar dormir de nuevo.

Dos veces, sin embargo, el sueño me venció durante algunos segundos, a pesar mío. Dos veces volví a ver lo mismo. Pensé que me había vuelto loco.

Cuando se hizo de día, me sentí curado y dormí plácidamente hasta el mediodía.

Se había acabado, todo había acabado. Había tenido fiebre, una pesadilla, ¿qué sé yo? Que me había puesto enfermo. Sin embargo, me sentí estúpido.

Ese día estuve muy alegre. Cené en una taberna, vi la función y luego me puse en camino de vuelta a casa. Pero al acercarme a ella una extraña ansiedad se apoderó de mí. Tenía miedo de volver a verlo. Pero no de él, no de su presencia, en la que no creía, sino que temía una nueva confusión de mis ojos, temía una alucinación, al terror que se apoderaría de mí.

Durante más de una hora deambulé arriba y abajo por la calle, luego me sentí demasiado estúpido y al final regresé. Jadeaba tanto que no podía subir las escaleras. Me quedé parado delante de mi piso, en el rellano, durante más de diez minutos, y de repente tuve un arranque de valor, un endurecimiento de la voluntad. Metí la llave; me precipité hacia delante con una vela en la mano, abrí de una patada la puerta entreabierta de mi cuarto y lancé una mirada asustada hacia la chimenea. No vi nada. ¡Ah!
¡Qué alivio! ¡Qué alegría! ¡Qué liberación! Iba y venía con aire alegre. Pero no me sentía tranquilo; me daba la vuelta sobresaltado. Las sombras en las esquinas me inquietaba.
Dormí mal, despertado una y otra vez por ruidos imaginarios. Pero no le vi. No. ¡Se había acabado!

∽∝∽

Desde ese día tengo miedo de estar solo por la noche. La siento allí, cerca de mí, a mi alrededor, la visión. No se me ha vuelto a aparecer. ¡Oh, no! Y qué más da, porque no creo en ella, porque sé que no es nada.
Pero me molesta porque no dejo de pensar en ello sin cesar. Tenía una mano colgando del lado derecho, su cabeza estaba inclinada hacia la izquierda como la de un hombre dormido... ¡No quiero pensar más en ello!
Pero, ¿qué es esta obsesión? ¿Por qué esta persistencia? ¡Sus pies estaban cerca del fuego!
Él me persigue, es una locura, pero es así. ¿Quién?, ¿Él? ¡Sé que no existe, que no es nada! ¡Sólo existe en mi aprensión, en mi miedo, en mi angustia! ¡Ya!, ¡Basta!...
Sí, pero por mucho que razone, por mucho que lo intente, ya no puedo quedarme solo en casa porque él está ahí. No lo veré más, lo sé, no aparecerá más, eso se acabó. Pero sigue ahí, en mi mente. Permanece invisible, pero eso no le impide estar ahí. Está detrás de las puertas, en el armario

cerrado, debajo de la cama, en cada rincón oscuro, en todas las sombras. Si giro la puerta, si abro el armario, si acerco la vela debajo de la cama, si la dirijo a los rincones, a las sombras, no está; pero entonces lo siento detrás de mí. Me doy la vuelta, seguro de que no le veré, de que no le veré más. Pero sigue detrás de mí. Es estúpido, pero es atroz. ¿Qué es lo que quiere? No puedo hacer nada.

Pero si fuéramos dos en mi casa, siento, sí, ¡siento con seguridad que él ya no estaría allí! Porque él está ahí porque yo estoy solo, ¡únicamente porque estoy solo!

Gil Blas, 3 de julio de 1883

LA TUMBA
(LA TOMBE, 1884)

El diecisiete de julio de mil ochocientos ochenta y tres, a las dos y media de la madrugada, el vigilante del cementerio de Béziers, que vivía en una casita al final del camposanto, fue despertado por los ladridos de su perro encerrado en la cocina.

Bajó enseguida y vio que el animal olfateaba por debajo de la puerta, ladrando furiosamente, como si algún vagabundo hubiera estado merodeando por la casa. Vincent, el vigilante, cogió su escopeta y salió con cautela.

El perro salió corriendo en dirección a la avenida del Général Bonnet y se detuvo en seco junto al monumento de la señora Tomoiseau.

El vigilante, avanzando entonces con cautela, pronto vio una lucecita hacia el lado de la avenida Malenvers. Se deslizó entre las tumbas y fue testigo de un horrible acto de profanación.

Un hombre había desenterrado el cadáver de una joven enterrada el día anterior y lo estaba sacando de la tumba.

Una pequeña linterna mortecina, colocada sobre un montón de tierra, iluminaba la horrible escena.

El guardia Vincent, tras abalanzarse sobre aquel miserable, lo derribó, le ató las manos y lo condujo a la comisaría.

Era un joven abogado de la ciudad, rico, muy conocido, llamado Courbataille.

Fue juzgado. La acusación recordó los actos monstruosos del sargento Bertrand[1] cosa que conmocionó al público. Escalofríos de indignación recorrieron a la multitud. Cuando el magistrado se sentó, se oyeron gritos de «¡Muerte! Muerte!» El presidente se esforzó por restablecer el silencio.

Luego dijo en tono serio
—¿Qué tiene que decir en su defensa?

Courbataille, que no había querido abogado, se levantó. Era un muchacho apuesto, alto, moreno, de rostro abierto, facciones enérgicas y mirada audaz.

El público empezó a silbar.

No se inmutó y empezó a hablar con una voz un poco velada, un poco baja al principio, pero que se afirmaba poco a poco.

❧

«Señor Presidente,
Señores del jurado,
Tengo muy poco que decir. La mujer cuya tumba violé había sido mi amante. La amaba.

La amaba, no con un amor sensual, no con una simple ternura de alma y corazón, sino con un amor absoluto, completo, con una pasión desquiciada.

Escúchenme.

---

[1] François Bertrand (1823-1878) también llamado 'el vampiro de Montparnasse', fue un sargento del ejercito francés conocido por haber exhumado el cuerpo de varias mujeres en cementerios parisinos para practicar actos de necrofilia y canibalismo. Fue detenido y condenado a un año de prisión suicidándose tras su liberación.

Cuando la conocí, sentí una extraña sensación al verla. No fue asombro, ni admiración, no fue lo que se llama amor a primera vista, sino una sensación de delicioso bienestar, como si me hubiera sumergido en un baño caliente. Sus gestos me seducían, su voz me deleitaba, toda su persona me hacía infinitamente feliz de mirar. También me parecía que la conocía desde hacía mucho tiempo, que la había visto antes. Llevaba en ella algo de mí y en su espíritu algo de mi espíritu. Se me había aparecido como una respuesta a una llamada de mi alma, a esa llamada vaga y continua que hacemos a la Esperanza a lo largo de nuestra vida.

Cuando llegué a conocerla un poco más, la sola idea de volver a verla me excitaba con una turbación exquisita y profunda; el roce de su mano en la mía era para mí tal deleite que no había imaginado antes ninguno semejante, su sonrisa derramaba una loca alegría en mis ojos, me daba ganas de correr, de bailar, de revolcarme por el suelo,

Así que se convirtió en mi amante.

Era más que eso, era mi vida misma. Ya no esperaba nada en la tierra, no deseaba nada más. Ya no envidiaba nada más.

Entonces, una tarde, mientras paseábamos junto al río, la lluvia nos sorprendió. Ella tenía frío.

Al día siguiente se le declaró un resfriado de pecho. Ocho días mas tarde, murió.

Durante las horas de agonía, el asombro y la consternación me impidieron entender y pensar claramente. Cuando murió, la brutal desesperación me aturdió tanto que no tenía siquiera pensamientos. Lloraba.

A través de todas las horribles fases del entierro mi dolor se hizo mas agudo y furioso. Seguía siendo un dolor de loco, una especie de dolor sensual, físico.

Luego, cuando ella ya no estaba, cuando estaba bajo tierra, mi mente volvió de nuevo a aclararse y pasé por toda una serie de sufrimientos morales tan terribles que el mismo amor que ella me había dado me resultaba caro a aquel precio.

Entonces entró en mi mente esta idea fija: «Nunca volveré a verla».

Cuando se piensa en eso durante todo un día, ¡te dejas llevar por la locura! Piénsenlo. Hay un ser al que adoras, un ser único, que en toda la tierra no hay un segundo ser como aquel. Este ser se ha entregado a ti, crea contigo esa unión misteriosa que se llama Amor. Sus ojos os parecen más grandes que el espacio, más adorables que el mundo, esos ojos donde sonríe la ternura. Este ser os ama. Cuando os habla, su voz derrama un torrente de felicidad.

Y de golpe, ¡desaparece! Piénsenlo. Desaparece no sólo para ti, sino para siempre. Está muerto. ¿Entienden esa palabra? Nunca, nunca, nunca, en ninguna parte volverá a existir ese ser. Nunca jamás ese ojo verá nada; nunca más esa voz, nunca más una voz igual, entre todas las voces humanas, pronunciará de la misma manera una de las palabras que su voz pronunció.

Ningún rostro volverá a ser como el suyo. Jamás, jamás. Conservamos los moldes de las estatuas, conservamos las marcas que nos ayudan a rehacer los objetos con los mismos contornos y los mismos colores.

Pero ese cuerpo y ese rostro no volverán a aparecer sobre la tierra. Y, sin embargo, nacerán miles de criaturas, millones, miles de millones, y muchas más, y de todas las mujeres futuras, nunca se encontrará ninguna igual. ¿Es posible? ¡Se puede uno volver loco pensando en ello! ¡Ella existió durante veinte años, no más, y desapareció para siempre, para siempre, para siempre!

Ella pensaba, sonreía, me amaba. Nada más. Las moscas que mueren en otoño son tantas como nosotros en la creación. Nada más. Y pensaba que su cuerpo, su cuerpo fresco y cálido, tan suave, tan blanco, tan hermoso, se estaba pudriendo en el fondo de una caja bajo tierra. Y su alma, su pensamiento, su amor, ¿dónde?

¡No verla más!, ¡No verla más! Me atormentaba la idea de ese cuerpo descompuesto que tal vez pudiera reconocer. ¡Y quise contemplarlo una vez más!

Salí con una pala, una linterna y un martillo. Salté el muro del cementerio. Encontré el agujero de su tumba; aún no lo habían rellenado del todo.

Saqué el ataúd y levanté una tabla. Un olor abominable, el infame aliento de la putrefacción me subió hasta la cara. ¡Oh, su lecho, perfumado de lirios!

Abrí el ataúd, sumergiendo en él mi linterna encendida y la vi. Tenía la cara azul, hinchada, espantosa. De su boca había brotado un líquido negro.

Pero era ella, ¡ella! El horror se apoderó de mí. Estiré el brazo y la agarré del cabello para atraer hacia mí aquel rostro monstruoso.

Fue entonces cuando me detuvieron.

Durante toda la noche conservé, como se conserva el perfume de una mujer después de un abrazo amoroso, el olor nauseabundo de aquella podredumbre, ¡el olor de mi amada!

Hagan conmigo lo que quieran».

☙❧

Un extraño silencio parecía cernirse sobre la sala. Parecían esperar algo más. Los miembros del jurado se retiraron a deliberar.

Cuando regresaron al cabo de unos minutos, el acusado no parecía tener preocupaciones, ni incluso la capacidad de pensar.

El presidente, con las fórmulas habituales, le anunció que los jueces le declaraban inocente.

No hizo ni siquiera un gesto y el público aplaudió.

Gil Blas, 29 de julio de 1884

EL ALBERGUE
(L'AUBERGE, 1886)

Semejante a todas las cabañas de madera instaladas en los Altos Alpes al pie de los glaciares, en esos pasadizos rocosos y desnudos que cortan las blancas cumbres de las montañas, el albergue de Schwarenbach sirve de refugio a los viajeros que siguen el paso de la Gemmi[1].

Durante seis meses permanece abierto, habitado por la familia de Jean Hauser, después, tan pronto como la nieve se amontona llenando el valle y haciendo impracticable el descenso a Loëche, las mujeres, el padre y los tres hijos se marchan y dejan para cuidar la casa al viejo guía Gaspard Hari con el joven guía Ulrich Kunsi, y a Sam, el gran perro de montaña.

Los dos hombres y el animal permanecen hasta la primavera en esa prisión de nieve, teniendo tan sólo ante sus la inmensa ladera blanca del Balmhorn, rodeados de picos pálidos y relucientes, encerrados, bloqueados y enterrados bajo la nieve que se levanta a su alrededor, que

---

1 *El paso de Gemmi es un paso de alta montaña que atraviesa los Alpes Berneses conectando Leukerbad (al sur) en el canton de Valais con Kandersteg (al norte) en el canton de Berna.*

los envuelve y abraza, que aplasta la casita, se amontona en el techo, alcanza las ventanas y bloquea la puerta.

Era el día en que la familia Hauser regresaba a Loëche, ya que se acercaba el invierno y el descenso se volvía peligroso.

Delante, iban tres mulas guiadas por los tres hijos, cargadas de ropa y equipaje. Detrás, la madre, Jeanne Hauser y su hija Louise montando en una cuarta mula partieron a su vez

El padre las seguía acompañado de los dos guardias que debían escoltar a la familia hasta lo alto de la pendiente.

Bordearon primero la laguna, ahora congelada al fondo de la gran cuenca de rocas que se extendía frente al albergue, luego siguieron el valle claro como una sábana y dominado por todos lados por picos nevados.

Un torrente de sol caía sobre aquel brillante desierto blanco y helado, encendiéndolo con una llama cegadora y fría. Ningún signo de vida aparecía en aquel océano de montañas, ningún movimiento en aquella soledad desmesurada, ningún sonido perturbaba el profundo silencio.

Poco a poco, el joven guía Ulrich Kunsi, un suizo alto y de piernas largas, dejó atrás al padre Hauser y al viejo Gaspard Hari para unirse a la mula que transportaba a las dos mujeres.

La más joven lo veía acercarse, parecía llamarlo con una mirada triste. Era una campesina menuda y rubia, cuyas mejillas lechosas y cabellos claros parecían descoloridos por largas estancias entre los hielos.

Cuando había alcanzado al animal que la transportaba, puso su mano en la grupa y aminoró el paso. La madre Hauser empezó a hablarle, enumerando con infinito detalle todas las recomendaciones para pasar el invierno. Era la primera vez que se alojaba allí arriba, mientras que el viejo

Hari ya había pasado catorce inviernos bajo las nieves en el albergue de Schwarenbach. Ulrich Kunsi escuchaba sin parecer comprender y miraba sin cesar a la joven. De vez en cuando respondía: «Sí, señora Hauser». Pero su pensamiento parecía lejano y su rostro sereno permanecía impasible.

Llegaron al lago de Daube, cuya gran superficie helada se extendía lisa al fondo del valle. A la derecha, el Daubenhorn mostraba sus rocas negras que se alzaban escarpadas sobre las enormes morrenas del glaciar Loemmer que dominaba el Wildstrubel.

Al acercarse al puerto de la Gemmi, donde comienza el descenso a Loëche, descubrieron de pronto el inmenso horizonte de los Alpes del Valais, del que les separaba el profundo y ancho valle del Ródano.

Había, a lo lejos, una multitud de picos blancos, desiguales, achatados o puntiagudos y relucientes bajo el sol: el Mischabel con sus dos cuernos, el macizo poderoso del Wissehorn, el pesado Brunnegghorn, la elevada y temible pirámide del Cervino, ese asesino de hombres, y la Dent-Blanche, esa monstruosa coqueta.

Luego, hacia abajo, en un agujero desmesurado al fondo de un abismo terrible, divisaron Loëche, cuyas casas parecían granos de arena arrojados en esa enorme grieta que limita y cierra la Gemmi, y que se abre, allá lejos, sobre el Ródano.

La mula se detuvo al borde del camino que discurre serpenteando, dando vueltas y revueltas sin cesar, fantástico y maravilloso, a lo largo de la montaña recta, hasta el pequeño pueblo casi invisible a sus pies. Las mujeres saltaron a la nieve.

Los dos ancianos se les habían unido.

—Bueno, —dijo el padre Hauser—, adiós y buena suerte, hasta el año que viene, amigos.

—Hasta el año que viene —repitió el viejo Hari.

Se besaron. Entonces la señora Hauser, a su vez, ofreció las mejillas y la muchacha hizo lo mismo. Cuando le llegó el turno a Ulrich Kunsi, éste le susurró al oído a Louise:
—No os olvidéis de los de aquí arriba.
Ella respondió con un «no» tan bajo que él lo adivinó sin oírlo.
—Venga, adiós —repitió Jean Hauser—, y cuidaos mucho.
Y pasando por delante de las mujeres, comenzó el descenso.

Los tres pronto desaparecieron en el primer recodo del camino y los dos hombres regresaron al albergue de Schwarenbach. Caminaban lentamente, uno al lado del otro, sin hablar. Se acabó, se quedarían solos frente a frente, cuatro o cinco meses.

Entonces Gaspard Hari comenzó a contar su vida durante el pasado invierno. Se había quedado con Michel Canol, el cual ya era demasiado mayor para empezar de nuevo ya que durante aquella larga soledad podría ocurrir algún accidente. No se habían aburrido, sin embargo. Todo consistía en acostumbrarse desde el primer día y uno terminaba creando distracciones, juegos y muchos pasatiempos.

Ulrich Kunsi le escuchaba con los ojos bajos, siguiendo con el pensamiento a los que descendían hacia el pueblo por todos los ribetes de la Gemmi.

Pronto divisaron el albergue, apenas visible, tan pequeño, como un punto negro al pie de la monstruosa ola de nieve.

Cuando abrieron, Sam, el gran perro de pelo rizado, comenzó a dar brincos alrededor de ellos.

—Vamos, hijo —dijo el viejo Gaspard—, ahora ya no tenemos mujeres, debemos preparar la cena, tú pelarás las patatas.

Y ambos, sentándose en taburetes de madera, comenzaron a echar caldo a las sopas.

La mañana siguiente le pareció larga a Ulrich Kunsi. El viejo Hari fumaba y escupía en la chimenea, mientras el joven miraba por la ventana a la resplandeciente montaña frente a la casa.

Salió por la tarde, y volviendo sobre el camino del día anterior, buscó en el suelo las huellas de los cascos de la mula que había llevado a las dos mujeres. Mas tarde, cuando se encontraba en el paso de la Gemmi, se tumbó boca abajo al borde del abismo y miró hacia Loëche.

El pueblo en su pozo de roca aún no había sido inundado por la nieve, aunque ésta se acercaba mucho, detenida en seco por los bosques de abetos que protegían sus alrededores. Sus casas bajas parecían, desde allí arriba, baldosas en un prado.

La joven Hauser estaría ahora allí, en una de esas casas grises. ¿En cuál? Ulrich Kunsi se encontraba demasiado lejos para distinguirlas por separado. ¡Cómo le hubiera gustado bajar mientras aún podía!

Pero el sol había desaparecido detrás de la gran cumbre del Wildstrubel y el joven regresó. El viejo Hari fumaba. Al ver regresar a su compañero, le propuso un juego de cartas y se sentaron uno frente al otro a ambos lados de la mesa.

Jugaron durante mucho tiempo, un juego simple llamado brisca, luego, después de haber cenado, se acostaron.

Los días que siguieron fueron similares al primero, claros y fríos, sin nieve nueva. El viejo Gaspard pasaba las tardes buscando águilas y aves raras que se aventuraban en aquellas cimas heladas, mientras que Ulrich regresaba regularmente al paso de la Gemmi para contemplar el pueblo. Luego jugaban a las cartas, a los dados, al dominó, ganando y perdiendo pequeños objetos para darle interés a la partida.

Una mañana, Hari, levantándose el primero, llamó a su compañero. Una nube movediza, profunda y ligera, de blanca espuma caía sobre ellos, a su alrededor, sin ruido, sepultándolos poco a poco bajo un espeso y sordo colchón de algodón. Aquello duró cuatro días y cuatro noches. Hubo que despejar la puerta y las ventanas, cavar un pasillo y tallar escalones para ascender sobre aquel polvo de hielo que doce horas de helada habían vuelto más duro que el granito de las morrenas.

Entonces vivieron como prisioneros, sin apenas salir de su morada.

Habían compartido las tareas que se realizaban regularmente. Ulrich Kunsi se encargaba de fregar, de lavar, de todos los cuidados y trabajos de limpieza. También era él quien cortaba la leña, mientras Gaspard Hari cocinaba y mantenía el fuego encendido. Sus tareas, regulares y monótonas, eran interrumpidas por largas partidas de cartas o dados. Nunca discutían, siendo ambos tranquilos y plácidos. Tampoco mostraban impaciencia, ni mal genio o palabras agrias, pues se habían aprovisionado de resignación para aquella invernada en las cumbres.

A veces, el viejo Gaspard tomaba su rifle e iba en busca de gamuzas, mató a algunas de vez en cuando. Había entonces una fiesta en el albergue de Schwarenbach y un gran festín de carne fresca.

Una mañana partió así. El termómetro de fuera marcaba dieciocho bajo cero. Como el sol aún no había salido, el cazador esperaba sorprender a los animales en las faldas del Wildstrubel.

Ulrich, al quedarse solo, permaneció acostado hasta las diez. Era dormilón por naturaleza, pero no se habría atrevido dejarse llevar así por su inclinación en presencia del viejo guía, siempre ardiente y madrugador.

Desayunó lentamente con Sam, quien también pasaba sus días y noches durmiendo frente al fuego, luego se sintió triste, incluso asustado por la soledad y dominado por la necesidad de la partida diaria de cartas, como se siente uno por el deseo de un hábito invencible.

Entonces salió al encuentro de su compañero, que debía regresar a las cuatro. La nieve había allanado todo el profundo valle, llenando las grietas, borrando los dos lagos, acolchando las rocas, formando, entre las inmensas cumbres, no más que una inmensa cuenca regular, blanca, cegadora y helada.

Hacía tres semanas que Ulrich no regresaba al borde del abismo desde el que contemplaba el pueblo. Quería volver allí antes de subir las laderas que conducían a Wildstrubel. Loëche también estaba ahora bajo la nieve, y las casas apenas eran reconocibles, enterradas bajo aquella capa pálida.

Después, girando a la derecha, llegó al glaciar de Lömmern. Caminaba con su paso largo de montañero, golpeando con su bastón herrado la nieve tan dura como una piedra. Y buscaba con su ojo penetrante el puntito negro en movimiento, a lo lejos, sobre aquel manto desproporcionado.

Cuando estuvo al borde del glaciar, se detuvo, preguntándose si el anciano había realmente tomado ese camino. Luego comenzó a caminar por las morrenas con paso más rápido e inquieto.

Caía el día. Las nieves se volvían rosadas, un viento seco y helado se precipitaba en bruscas ráfagas sobre la superficie de cristal. Ulrich profirió un grito de llamada agudo, vibrante y prolongado. La voz voló en el silencio sepulcral donde dormían las montañas; escapándose sobre las olas inmóviles y profundas de espuma glacial, como el grito de un pájaro sobre las olas del mar, luego se apagó y nadie le respondió.

Empezó a caminar. El sol se había hundido, a lo lejos, detrás de los picos que los reflejos del cielo todavía teñían de purpura; pero las profundidades del valle se volvían grises. Y el muchacho de repente tuvo miedo. Le parecía que el silencio, el frío, la soledad, la muerte invernal de aquellas montañas entraban en él, que iban a detener y helar su sangre, a agarrotar sus miembros, convertirlo en un ser inmóvil y helado. Y echó a correr, huyendo hacia la casa. El anciano, pensó, habría regresado durante su ausencia. Habría tomado otro camino; estaría sentado frente al fuego, con una gamuza muerta a sus pies. Pronto vislumbró el albergue. No salía humo. Ulrich corrió más rápido, abrió la puerta. Sam salió corriendo a celebrarle, pero Gaspard Hari no había regresado.

Asustado, Kunsi giraba sobre sí mismo, como si esperara encontrar a su compañero escondido en algún rincón. Luego reavivó el fuego e hizo la sopa todavía con la esperanza de ver regresar al viejo.

De vez en cuando salía para ver si aparecía. Había caído la noche, la noche macilenta de las montañas, la noche pálida, la noche lívida iluminada, al borde del horizonte por una delgada media luna amarilla lista para caer tras las cumbres.

Entonces el joven volvía a entrar, se sentaba, se calentaba las manos y los pies, pensando en los posibles accidentes

Gaspard podría haberse roto la pierna, caer en un agujero, dar un paso en falso que le hubiera torcido el tobillo. Y yacería tendido en la nieve, apresado, agarrotado por el frío, el alma angustiada, perdido, pidiendo ayuda a gritos tal vez, llamando con todas las fuerzas de su garganta en el silencio de la noche.

¿Pero dónde? La montaña era tan vasta, tan áspera, tan peligrosa en los alrededores, especialmente en esta estación, que se habría necesitado diez o veinte guías y ocho días de caminata en todas direcciones para encontrar a un hombre en esta inmensidad.

Ulrich Kunsi, sin embargo, se decidió a salir con Sam si Gaspard Hari no regresaba entre la medianoche y la una de la madrugada.

E hizo sus preparativos.

Metió en una bolsa comida para dos días, tomó sus crampones de acero, enrolló alrededor de su cintura una cuerda larga, delgada y fuerte, verificó el estado de su bastón herrado y del hacha que sirve para tallar escalones en el hielo. Luego esperó. El fuego ardía en la chimenea; el gran perro roncaba bajo la claridad de las llamas; el reloj latía como un corazón con golpes regulares en su caja de madera sonora.

Esperaba, con los oídos atentos a los ruidos lejanos, temblando cuando el viento ligero rozaba el tejado y las paredes.

Llegó la medianoche. Se estremeció. Entonces, como se sentía agitado y asustado, puso un poco de agua al fuego con el fin de tomar un café bien caliente antes de partir.

Cuando el reloj dio la una, se levantó, despertó a Sam, abrió la puerta y se alejó en dirección al Wildstrubel. Trepó durante cinco horas, escalando las rocas con sus crampones, cortando el hielo, avanzando siempre y a veces arrastrando, al final de la cuerda, al perro que había quedado en el fondo de un escarpe demasiado empinado. Serían alrededor de las seis cuando llegó a una de las cumbres donde el viejo Gaspard solía ir en busca de gamuzas.

Y esperó a que amaneciese.

El cielo palidecía sobre su cabeza y de pronto un extraño resplandor, nacido de quién sabe dónde, iluminó de pronto el inmenso océano de pálidas cumbres que se extendía a cien leguas a su alrededor. Se hubiera dicho que esta vaga luz surgiera de la propia nieve para extenderse por el espacio. Gradualmente, los picos lejanos más altos se volvieron de un rosa suave como la carne, y el sol rojo apareció detrás de los pesados gigantes de los Alpes berneses.

Ulrich Kunsi se puso nuevo en marcha. Caminaba como un cazador, agazapado, buscando huellas, diciéndole al perro:

«Busca, grandullón, busca».

Descendía ahora la montaña, escudriñando los abismos, y a veces llamaba, dando un grito prolongado, que moría pronto en la silenciosa inmensidad. Entonces, ponía el oído en el suelo, para escuchar, creía distinguir una voz, echaba a correr, volvía a llamar, no oía nada y se sentaba exhausto, desesperado. Hacia el mediodía, almorzó y le dio de comer a Sam, que estaba también tan cansado como él. Luego reanudó la búsqueda.

Cuando llegó la noche, todavía caminaba, habiendo recorrido cincuenta kilómetros montaña arriba. Como estaba demasiado lejos de la casa para regresar y demasiado cansado para arrastrarse por más tiempo, cavó un hoyo en la nieve y se acurrucó allí con su perro, bajo una manta que había traído. Y se acostaron uno contra el otro, el hombre y el animal, calentando sus cuerpos mutuamente pero congelados hasta la médula.

Ulrich apenas durmió, con la mente atormentada por visiones y los miembros temblando de escalofríos.

Estaba a punto de amanecer cuando se levantó. Sus piernas estaban rígidas como barras de hierro, el alma tan débil que gritaba de angustia, el corazón tan palpitante que saltaba de emoción en cuanto creía escuchar algún ruido.

De repente pensó que él también iba a morir de frío en aquella soledad, y el terror a aquella muerte, estimulando su energía, despertaba su vigor.

Ahora descendía hacia la posada, caía, se levantaba, seguido de lejos por Sam, que cojeaba sobre tres patas.

No llegaron a Schwarenbach hasta las cuatro de la tarde. La casa estaba vacía. El joven encendió el fuego, comió y se durmió, tan aturdido que ya no pensaba en nada.

Durmió mucho, mucho tiempo, con un sueño invencible. Pero de repente una voz, un grito, un nombre: «Ulrich», sacudió su profundo sopor y le hizo levantarse. ¿Habría soñado? ¿Era una de esas extrañas llamadas que cruzan los sueños de las almas inquietas? No, todavía podía escucharlo, aquel grito vibrante que entraba en su oído y permanecía en su carne hasta la punta de sus dedos nerviosos. Efectivamente, habían gritado, habían llamado: «¡Ulrich!» Alguien estaba allí, cerca de la casa. No cabía duda.

Así que abrió la puerta y gritó: «¿Eres tú, Gaspard?» con toda la fuerza de su garganta.

Nada le respondió, ningún sonido, ningún murmullo, ningún gemido, nada. Estaba muy oscuro. La nieve estaba pálida.

Se había levantado el viento, ese viento helado que quiebra las piedras y no deja nada vivo en aquellas alturas abandonadas. Pasaba en soplos bruscos, más secos y más mortales que el viento ardiente del desierto. Ulrich volvió a gritar:

—¡Gaspard!, ¡Gaspard!, ¡Gaspard!

Después esperó. ¡Todo permanecía mudo en la montaña! Entonces un espanto lo sacudió hasta los huesos. De un salto volvió a entrar en el albergue, cerró la puerta y echó los cerrojos; luego cayó tiritando en una silla, seguro de que acababa de ser llamado por su camarada justo cuando entregaba el espíritu.

Estaba seguro de ello, como se está seguro de vivir o de comer pan. El viejo Gaspard Hari había agonizado dos días y tres noches en algún lugar, en un agujero, en uno de esos profundos barrancos inmaculados cuya blancura es más siniestra que las tinieblas de los pasadizos subterráneos. Había agonizado durante dos días y tres noches y acababa de morir pensando en su compañero. Y su alma, recién liberada, había volado al albergue donde dormía Ulrich, y le había llamado por medio de esa facultad misteriosa y terrible que tienen las almas de los muertos para atormentar a los vivos. Había gritado, aquella alma sin voz, en el alma abrumada del durmiente. Había gritado su último adiós, o su reproche, o su maldición sobre el hombre que no le había buscado lo suficiente.

Y Ulrich lo sentía allí, muy cerca, detrás de la pared, detrás de la puerta que acababa de cerrar. Merodeaba como un ave nocturna que roza con sus plumas una ventana iluminada, y el desesperado joven estaba a punto de gritar de horror. Quería huir y no se atrevía a salir. No se atrevía y no se atrevería de ahora en adelante, pues el fantasma permanecería allí, día y noche, alrededor del albergue, hasta que el cuerpo del viejo guía fuera encontrado y depositado en la tierra santa de un cementerio.

Llegó el día y Kunsi recuperó algo de confianza cuando el sol volvió a brillar. Preparó la comida, hizo unas sopas para el perro y luego se quedó en una silla, inmóvil, con el corazón atormentado, pensando en el anciano tendido en la nieve.

Entonces, tan pronto como la noche cubrió de nuevo la montaña, le asaltaron nuevos terrores. Caminaba ahora por la cocina oscura, apenas iluminada por la llama de una vela. Caminaba de un extremo a otro de la habitación, a grandes zancadas, escuchando, escuchando por si el espantoso grito de la noche anterior atravesara de nuevo el lúgubre silencio exterior. ¡Y se sintió solo, el desdichado, solo como nadie lo había estado jamás! ¡Estaba solo en aquel inmenso desierto de nieve, solo a dos mil metros sobre la tierra habitada, sobre las casas humanas, sobre la vida que se agita, ruidosa y palpitante, solo bajo el cielo helado! Le dominada un loco deseo de escapar a cualquier parte, de cualquier forma, de descender a Loëche arrojándose al abismo; pero ni siquiera se atrevía a abrir la puerta, seguro de que el otro, el muerto, le cerraría el paso, para no quedarse tampoco solo allá arriba.

Hacia la medianoche, cansado de caminar, abrumado por la angustia y el miedo, finalmente se quedó dormido en una silla, porque temía su cama como quien teme a un lugar embrujado.

Y de repente, el grito estridente de la noche anterior le desgarró los oídos, tan agudo que Ulrich estiró los brazos para repeler al aparecido y cayó de espaldas con su asiento.

Sam, despertado por el ruido, comenzó a aullar como aúllan los perros asustados y dio vueltas alrededor de la habitación buscando de dónde provenía el peligro. Cuando llegó a la puerta, olfateó debajo de ella, resoplando y aspirando con fuerza, con el pelo erizado, la cola erguida y gruñendo.

Kunsi, angustiado, se puso de pie y, agarrando la silla por una pierna, gritó:

—No entres, no entres. No entres o te mato.

Y el perro, excitado por esta amenaza, ladraba furiosamente al enemigo invisible que desafiaba la voz de su amo.

Sam se fue calmando poco a poco y volvió a acostarse junto a la chimenea, pero seguía inquieto, con la cabeza erguida, los ojos brillantes y gruñendo entre colmillos.

Ulrich, a su vez, recobró el sentido, pero como se sentía desfallecer de terror, fue a buscar una botella de aguardiente al aparador y bebió varios vasos, uno tras otro. Sus ideas se estaban volviendo vagas; su valor se afirmaba; una fiebre ardiente se deslizaba por sus venas.

Comió poco al día siguiente, limitándose a beber alcohol. Y durante varios días seguidos vivió borracho como una cuba. Tan pronto como volvía a pensar en Gaspard Hari, comenzaba a beber de nuevo hasta el momento en que caía al suelo, vencido por la embriaguez. Y se quedaba allí, boca abajo, borracho perdido, con los miembros rotos, roncando, con la frente en el suelo. Pero apenas había digerido el líquido enloquecedor y ardiente cuando el grito, siempre el mismo: «¡Ulrich!», le despertaba atravesándole el cráneo como una bala; y se quedaba quieto tambaleándose, estirando las manos para no caer, llamando a Sam para que lo ayudara. Y el perro, que parecía enloquecer como su amo, corría hacia la puerta, la arañaba con sus garras, la mordía con sus largos dientes blancos, mientras el joven, con el cuello echado hacia atrás, la cabeza erguida, tragaba a grandes sorbos como si fuera agua fresca después de una carrera, el aguardiente que pronto adormecería su pensamiento, sus recuerdos y su desequilibrado terror.

En tres semanas, absorbió todo su suministro de alcohol. Pero aquella continua borrachera no hizo más que embotar su terror, que despertaba más furioso cuando le era imposible calmarlo. Entonces la idea fija, exasperada por un mes de embriaguez y creciendo constantemente en la absoluta soledad, se hundía en él como una barrena. Caminaba ahora por su casa como una bestia enjaulada, pegando la oreja a la puerta para escuchar si el otro estaba allí, y desafiándolo, a través de los muros.

Entonces, apenas se dormía, vencido por el cansancio, oía la voz que le hacía levantarse de un salto.

Finalmente, una noche, como los cobardes que son llevados al extremo, corrió hacia la puerta y la abrió para ver al que le llamaba y a obligarlo a callarse.

Recibió una ráfaga de aire frío en la cara que lo heló hasta los huesos y cerró la puerta echando los cerrojos sin darse cuenta de que Sam se había lanzado fuera. Luego, temblando, echó leña al fuego y se sentó frente a él para calentarse; pero de repente se sobresaltó, alguien arañaba la pared llorando.

Gritó desesperado: «Vete». Una queja larga y dolorosa le respondió.

Entonces todo lo que le quedaba de razón se lo llevó el terror. Seguía repitiendo: "Vete", dándose la vuelta para encontrar un rincón en el que esconderse. El otro, todavía llorando, pasó a lo largo de la casa, frotándose contra el muro. Ulrich corrió hacia el aparador de roble lleno de vajilla y provisiones, y, levantándolo con una fuerza sobrehumana, lo arrastró hasta la puerta para construir una barricada.

Luego, amontonando unos encima de otros todo lo que quedaba de los muebles, los colchones, los jergones, las sillas, tapó la ventana como se hace cuando el enemigo nos asedia.

Pero el que estaba fuera lanzaba ahora grandes gemidos lúgubres a los que el joven comenzó a responder con gemidos semejantes.

Y pasaron días y noches sin que ambos dejaran de gritar.

Uno daba vueltas a la casa sin cesar y clavaba las uñas en la pared con tanta fuerza que parecía querer derribarla; el otro, dentro, seguía todos sus movimientos, encorvado, con la oreja pegada a la piedra, y respondía a todas sus llamadas con gritos espantosos.

Una noche, Ulrich no oyó ya nada y se sentó, tan agotado por el cansancio que inmediatamente se durmió.

Despertó sin un recuerdo, sin un pensamiento, como si toda su cabeza se hubiera vaciado durante aquel sueño abrumador. Tenía hambre, comió.

. . . .

El invierno había terminado. El paso de la Gemmi volvía a ser practicable y la familia Hauser se puso en camino para regresar al albergue.

Tan pronto como llegaron a lo alto de la cuesta, las mujeres se subieron a la mula y hablaron de los dos hombres con los que estaban a punto de reencontrarse.

Estaban sorprendidas de que ninguno de ellos hubiera bajado unos días antes, en cuanto el camino se había hecho accesible, para dar noticias de su larga invernada.

Finalmente divisaron el albergue, todavía cubierto y acolchado por la nieve. La puerta y la ventana estaban cerradas; un poco de humo salía del tejado, lo que

tranquilizó al viejo Hauser. Pero al acercarse, vio en el umbral el esqueleto de un animal despedazado por las águilas, un gran esqueleto que yacía de costado.
Todos lo examinaron:
—Debe de ser Sam —dijo la madre. Y llamó: —Eh, Gaspard.
Un grito respondió desde del interior, un grito agudo, que se hubiera dicho lanzado por un animal. El viejo Hauser repitió:
—Eh, Gaspard.
Se escuchó otro grito parecido al primero.
Entonces los tres hombres, el padre y los dos hijos, intentaron abrir la puerta. Ésta se resistió. Tomaron del establo vacío una viga larga a modo de ariete y la lanzaron con todas sus fuerzas. La madera crujió, cedió, las tablas volaron en pedazos; entonces un gran ruido sacudió la casa y vieron dentro, detrás del aparador derrumbado, a un hombre de pie, con el pelo que le caía hasta los hombros, una barba que le llegaba al pecho, los ojos brillantes y jirones de tela sobre el cuerpo.
No lo reconocieron, pero Louise Hauser exclamó:
—Es Ulrich, madre.
Y la madre comprobó que era Ulrich, aunque tenía el pelo blanco.
Les dejó acercarse; se dejó tocar; pero no contestó a las preguntas que le hicieron y tuvo que ser llevado a Loëche donde los médicos confirmaron que se había vuelto loco.
Y nadie supo nunca qué había sido de su compañero.
La joven de los Hauser estuvo a punto de morir aquel verano de una enfermedad de debilidad atribuida al frío de las montañas.

Les Lettres et les Arts, 1 de septiembre de 1886

LA MUERTA
(LA MORTE, 1887)

¡La había amado desesperadamente! ¿Por qué se ama? Cuán extraño es ver un solo ser en el mundo, tener un solo pensamiento en el cerebro, un solo deseo en el corazón y un solo nombre en los labios… un nombre que asciende continuamente, como el agua de un manantial, desde las profundidades del alma hasta los labios, un nombre que se repite una y otra vez, que se susurra incesantemente, en todas partes, como una plegaria.

No contaré nuestra historia. El amor tiene solo una, siempre la misma. La conocí y la amé. Eso es todo. Y yo había vivido un año en su ternura, en sus brazos, en sus caricias, en sus ojos, en sus vestidos, en sus palabras, envuelto, atado, aprisionado en todo lo que venía de ella, de una manera tan completa que ya no sabía si era de día o de noche, si estaba vivo o muerto, sobre la tierra o en otra parte.

Y entonces murió. ¿Cómo murió? No lo sé, ya no lo sé.

Llegó a casa mojada, una noche lluviosa, y al día siguiente comenzó a toser. Tosió durante una semana mas o menos y se metió en la cama.

¿Qué le pasó? Ya no lo sé. Venían médicos, escribían recetas y se marchaban. Le trajeron remedios; una mujer se los hizo beber. Tenía las manos calientes, la frente ardiente y húmeda, los ojos brillantes y tristes. Le hablaba y ella me respondía. ¿Qué nos dijimos? No sé. Lo he olvidado todo, todo. Murió, recuerdo muy bien su breve suspiro, su pequeño suspiro tan débil suspiro, el último. Su cuidadora dijo: «¡Ah!» Y yo lo comprendí, ¡lo comprendí!

No sabía nada más. Nada. Vi a un cura que dijo las palabras: «Su amante». Me pareció que la insultaba. Como estaba muerta, uno ya no tenía derecho a saberlo. Lo eché. Vino otro que era muy bueno, muy amable. Lloré cuando me habló de ella.

Me consultaron mil cosas para el funeral. Ya no se más. Pero recuerdo muy bien el ataúd, el sonido del martillo cuando la clavaron dentro. ¡Dios mío!

¡La enterraron! ¡La enterraron! ¡A ella! ¡En aquel agujero! Había venido gente, amigos. Yo escapé. Corrí. Caminé mucho tiempo por las calles. Luego volví a casa. Al día siguiente salí de viaje.

Ayer regresé a París.

Cuando volví a ver mi habitación, nuestra habitación, nuestra cama, nuestros muebles, toda esta casa donde había quedado todo lo que queda de la vida de una persona después de la muerte, me embargó un trastorno de dolor tan violento que estuve a punto de abrir la ventana y arrojarme a la calle. Incapaz de permanecer en medio de aquellas cosas, de aquellas paredes que la habían encerrado, cobijado y que debían de guardar en sus imperceptibles grietas mil átomos de ella, de su carne y de su aliento, cogí mi sombrero para salvarme. De pronto, al llegar a la puerta, pasé por delante del gran espejo del vestíbulo que ella había hecho poner allí para verse de pies a cabeza todos los días al salir, para ver si su ropa estaba bien, si iba correcta y guapa, desde las botas hasta el cabello. Y me paré en seco delante del espejo que tantas veces la había reflejado. Tantas veces, tantas veces, que también debía de haber guardado su imagen.

Me quedé allí, temblando, con los ojos fijos en el espejo, en el vaso liso, profundo, vacío, pero que la había contenido por entero, poseído tanto como yo, tanto como mi mirada apasionada. Me pareció que amaba aquel espejo, - lo toqué, - ¡estaba frío! ¡Oh! ¡el recuerdo! ¡el recuerdo! ¡espejo doloroso, espejo ardiente, espejo vivo, espejo horrible, que hace sufrir todas las torturas! ¡Dichosos los hombres cuyo corazón, como un espejo donde los reflejos se deslizan y se desvanecen, olvidan todo lo que ha contenido, todo lo que ha pasado ante él, todo lo que ha sido contemplado, reflejado, en su afecto, en su amor! ¡Cuanto sufro!

Salí y, a pesar mío, sin saber, sin querer, fui al cementerio. Encontré su tumba muy sencilla, una cruz de mármol, con estas pocas palabras: «Ella amó, fue amada y murió». Estaba allí, debajo, ¡podrida! ¡Qué horror! Sollocé con la frente en el suelo.

Me quedé allí mucho, mucho tiempo. Luego me di cuenta de que se acercaba la noche. Entonces un extraño y loco deseo, el deseo de un amante desesperado se apoderó de mí. Quería pasar la noche cerca de ella, una última noche, llorando sobre su tumba. Pero me verían, me echarían. ¿Qué podía hacer? Fui astuto. Me levanté y comencé a vagar por esta ciudad de desaparecidos. Caminaba y caminaba. ¡Qué pequeña es esta ciudad comparada con la otra donde vivimos! Y sin embargo, cuanto más numerosos que los vivos son los muertos. Necesitamos casas altas, calles, tanto espacio para que las cuatro generaciones que miran la luz al mismo tiempo, beban el agua de los manantiales, el vino de las viñas y coman el pan de las llanuras.

Y para todas las generaciones de los muertos, para toda la escala de la humanidad que desciende hasta nosotros, casi nada, un campo, ¡casi nada! La tierra los retoma, el olvido los borra. ¡Adiós!

Al final del cementerio habitado, vi de repente el cementerio abandonado, donde los viejos difuntos terminan de mezclarse con la tierra, donde las mismas cruces se pudren, donde mañana pondrán la los recién llegados. Está lleno de rosas salvajes, de cipreses vigorosos y negros, un jardín triste y soberbio, nutrido de carne humana.

Estaba solo, muy solo. Me acurruqué junto a un árbol verde. Me escondí allí, entre aquellas ramas gruesas y oscuras.

Y esperé, aferrado al tronco como un náufrago en un barco hundido.

Cuando la noche se hizo oscura, muy oscura, abandoné mi refugio y comencé a caminar lentamente, con pasos lentos y sordos por aquella tierra llena de muertos.

Vagué durante mucho, mucho, tiempo. No pude encontrarla. Con los brazos extendidos, los ojos abiertos, tropezando en las tumbas con las manos, con los pies, con las rodillas, con el pecho, con la cabeza misma, seguí adelante sin encontrarla. Tocaba y palpaba como un ciego que busca su camino, palpaba piedras, cruces, verjas de hierro, coronas de cristal, coronas de flores marchitas. Leía los nombres con los dedos, pasándolos por encima de las letras. ¡Qué noche! ¡Qué noche! ¡No la encontré!

No había luna. ¡Qué noche! Tenía miedo, un miedo espantoso en aquellos estrechos senderos, ¡entre dos filas de tumbas! ¡Tumbas! ¡Tumbas! ¡Tumbas! ¡Siempre tumbas! A derecha, a izquierda, delante de mí, a mi alrededor, por todas partes, ¡Tumbas! Me senté en una de ellas, pues ya no podía caminar, me flaqueaban las rodillas. Oía latir mi corazón. Y también oí otra cosa. ¿Qué? ¡Un ruido confuso e incalificable! ¿Estaba aquel ruido en mi cabeza presa del pánico, en la noche impenetrable, o bajo la tierra misteriosa, bajo la tierra sembrada de cadáveres humanos? ¡Miré a mi alrededor!

¿Cuánto tiempo estuve allí? No lo sé. Estaba paralizado de terror, borracho de espanto, dispuesto a gritar, preparado a morir.

Y de repente me pareció que la losa de mármol sobre la que estaba sentado se movía. En efecto se movía como si la levantaran. De un salto me arrojé sobre la tumba vecina, y vi, sí, vi la piedra que acababa de dejar levantarse toda recta, y apareció el muerto, un esqueleto desnudo que, con la espalda doblada, la apartaba hacia atrás. Lo vi, lo vi muy bien, aunque la noche era profunda. En la cruz pude leer: «Aquí yace Jacques Olivant, fallecido a la edad de cincuenta y un años. Amaba a los suyos, fue honrado y bueno, y murió en la paz del Señor».

En ese momento, también el muerto leía las cosas escritas sobre su tumba. Entonces cogió una piedra del camino, una piedra pequeña y afilada, y empezó a raspar aquellas cosas con cuidado. Las borró por completo, lentamente, mirando con sus ojos vacíos el lugar donde hace un momento estaban grabadas; y con la punta del hueso que había sido su dedo índice, escribió en letras luminosas como esas líneas que se trazan en las paredes con la punta de una cerilla:

«Aquí yace Jacques Olivant, que murió a la edad de cincuenta y un años. Aceleró con sus crudezas la muerte de su padre, cuya herencia quería, torturó a su mujer, atormentó a sus hijos, engañó a sus vecinos, robó cuando pudo y murió miserable».

Cuando terminó de escribir, el muerto contempló inmóvil su obra. Y al volverme vi que todas las tumbas estaban abiertas, que todos los cadáveres habían salido de ellas, que todos habían borrado las mentiras escritas por los parientes sobre la lápidas, para restablecer la verdad.

Y vi que todos habían sido verdugos de sus parientes, odiosos, deshonestos, hipócritas, mentirosos, embaucadores, calumniadores, envidiosos, que habían robado, engañado, hecho todos los actos vergonzosos, todos los actos abominables, aquellos buenos padres, aquellas esposas fieles, aquellos hijos devotos, aquellas jóvenes castas, aquellos comerciantes probos, aquellos hombres y mujeres tenidos por intachables.

Todos escribían al mismo tiempo, en el umbral de su hogar eterno, la cruel, terrible y santa verdad que todos ignoran o fingen ignorar en la tierra.

Pensé que también ella debía de haberla escrito sobre su tumba. Y ya sin miedo, corriendo entre los ataúdes entreabiertos, entre los cadáveres, entre los esqueletos, me dirigí hacia ella, seguro de que pronto la encontraría.

La reconocí a distancia, sin ver el rostro envuelto en la mortaja.

Y en la cruz de mármol donde acababa de leer:

«Ella amó, fue amada y murió».

Pude leer:

«Habiendo salido un día para serle infiel a su amante, cogió frío bajo la lluvia y murió».

Parece que me recogieron, inconsciente, al amanecer, junto a una tumba.

. . . .

Gil Blas, 31 de mayo de 1887

¿QUIÉN SABE?
(QUI SAIT?, 1890)

I

¡Dios mío! ¡Dios mío! ¡Así que por fin voy a escribir lo que me ha ocurrido! Pero ¿podré? ¿Me atreveré? ¡Es tan extraño, tan inexplicable, tan incomprensible, tan demente!

Si no estuviera seguro de lo que he visto, seguro de que no había tenido ningún fallo en mis razonamientos, ningún error en mis comprobaciones, ninguna laguna en la secuencia inflexible de mis observaciones, me creería un simple alucinado, el juguete de una extraña visión. Después de todo, ¿quién sabe?

Ahora estoy en un sanatorio; ¡pero entré voluntariamente, por precaución, por miedo! Sólo una persona conoce mi historia. El médico aquí presente. Voy a escribirla. ¿No sé para qué? Para deshacerme de ella, porque la siento dentro de mí como una pesadilla intolerable.

Aquí está:

Siempre he sido un solitario, un soñador, una especie de filósofo aislado, benévolo, contento con poco, sin rencor contra los hombres y sin rencor contra el cielo. Siempre he vivido solo, por una especie de incomodidad que me infunde la presencia de los demás. ¿Cómo puedo explicarlo? No podría. No me niego a ver a la gente, a hablar, a cenar con amigos, pero cuando los siento a mi alrededor durante mucho tiempo, incluso los más cercanos me fatigan, me cansan, me irritan y siento un deseo creciente y persistente de verlos marcharse o de irme yo, de estar solo. Este deseo es más que una necesidad, es una necesidad irresistible. Y si continuara la presencia de las personas con las que estoy, si tuviera no que escuchar, sino oír sus conversaciones durante mucho tiempo, sin duda me daría un ataque. ¿Cuál? ¿Quién sabe? ¿Tal vez un simple síncope? ¡Sí! ¡Probablemente!

Me gusta tanto estar solo que ni siquiera soporto la proximidad de otros seres durmiendo bajo mi techo; no podría vivir en París porque allí agonizaría por siempre. Me muero moralmente, y también me atormenta en el cuerpo y en los nervios esa inmensa muchedumbre que pulula, que vive a mi alrededor, incluso cuando duerme. ¡Ah!, El sueño de los demás me resulta aún más doloroso que sus palabras. Y nunca puedo descansar, cuando sé, cuando siento, detrás de una pared, unas existencias interrumpidas por esos eclipses regulares de la razón.

¿Por qué soy así? ¿Quién sabe? Tal vez la causa sea muy simple: me canso muy rápidamente de todo lo que no sucede en mí. Y hay mucha gente como yo.

Hay dos razas en la tierra. Aquellos que necesitan de los demás, a quienes los demás distraen, ocupan, descansan, y a quienes la soledad acosa, agota y aniquila, como la ascensión de un terrible glaciar o la travesía del desierto, y aquellos a quienes los demás, por el contrario, fatigan, aburren, avergüenzan, dan agujetas, mientras que el aislamiento los calma, los baña de reposo en la independencia y la fantasía de su pensamiento.

En resumen, se trata de un fenómeno psíquico normal. Algunos están dotados para vivir fuera, otros para vivir dentro. Mi atención exterior es corta y se agota rápidamente, y en cuanto alcanza sus límites, siento en todo mi cuerpo y en toda mi inteligencia un malestar intolerable.

El resultado es que me apego, que me había apegado mucho, a objetos inanimados que adquirieron para mí la importancia de seres, y que mi casa se ha convertido, se había convertido, en un mundo en el que vivía una vida solitaria y activa, en medio de cosas, muebles, de antigüedades familiares, simpáticas a mis ojos como rostros. La había ido llenado poco a poco, la había adornado, y dentro de ella me sentía contento, satisfecho, tan feliz como en los brazos de una mujer bondadosa cuya caricia acostumbrada se hubiera convertido en una tranquila y dulce necesidad.

Había construido esta casa en un hermoso jardín que la aislaba de los caminos y a las puertas de una ciudad donde podía encontrar, en ocasiones, los recursos de la vida social por los que a veces sentía deseo. Todos mis criados dormían en un edificio apartado, al fondo del huerto el cual estaba rodeado por un muro alto. La oscura envoltura de las noches, en el silencio de mi hogar perdido, oculto, ahogado bajo las hojas de los altos árboles, era tan reparadora y tan buena para mí, que durante varias horas cada noche dudaba en meterme en la cama para saborearla más tiempo.

Aquel día habían representado *Sigurd*[1] en el teatro de la ciudad. Era la primera vez que oía este hermoso drama musical y mágico y lo había disfrutado mucho.

Volví caminando, con paso alegre, la cabeza llena de frases sonoras y los ojos poblados por bonitas visiones. Estaba oscuro, oscuro, tan oscuro que apenas podía distinguir la carretera y varias veces estuve a punto de caer en la cuneta.

---

1 *Sigurd es una ópera en cuatro actos y nueve escenas con música de Ernest Reyer y libreto en francés de Camille du Locle y Alfred Blau, basado en el Cantar de los nibelungos y las Eddas. Se estrenó en el Teatro Real de la Moneda de Bruselas, el 7 de enero de 1884.*

Desde el fielato[2] hasta mi casa hay un kilómetro, quizá un poco más, será un paseo tranquilo de veinte minutos. Era la una de la madrugada, la una o una y media; el cielo se había despejado un poco ante mí y apareció el creciente, el triste creciente del último cuarto de la luna. El creciente del primer cuarto, el que sale a las cuatro o cinco de la tarde, es claro, alegre, pulido de plata, pero el que sale después de medianoche es rojizo, sombrío, inquietante; es el verdadero creciente lunar del Sabbat[3]. Todos los noctámbulos habrán hecho esta observación. El primero, aunque sea delgado como un hilo, proyecta una animada lucecita que alegra el corazón y dibuja sombras nítidas sobre la tierra. La última apenas difunde un resplandor mortecino, tan apagado que apenas proyecta sombras.

Vi a lo lejos la masa oscura de mi jardín y no sé de dónde me vino una especie de inquietud ante la idea de entrar en él. Aminoré el paso. Hacía un tiempo muy bueno. El gran montón de árboles parecía una tumba donde estaba enterrada mi casa.

Abrí la verja y entré en el largo camino de sicomoros que se dirigía hacia la casa, arqueado como una alto túnel, atravesando macizos opacos y bordeando céspedes donde los arriates de flores plantaban bajo la pálida oscuridad, manchas ovaladas de tonalidades indistintas. .

Al acercarme a la casa, una extraña confusión se apoderó de mí. Me detuve. No se oía nada. No había ni un soplo de aire en las hojas. «Vaya, ¿qué es lo que me pasa?» Pensé. Hacía diez años que volvía así a casa sin que me invadiera la menor inquietud. No tenía miedo. Nunca he tenido miedo de noche. La vista de un hombre, un merodeador, un ladrón habría enviado un sentimiento de ira a través del cuerpo y habría saltado sobre él sin dudarlo. Además, iba armado. Llevaba mi revólver. Pero no lo toqué, porque

---

2 *Oficina a la entrada de las poblaciones en la cual se pagaban los derechos de consumo.*
3 *Del aquelarre, según las tradiciones sobre la brujería.*

116

quería resistir aquella influencia del miedo que estaba germinando dentro de mí.

¿Qué era? ¿Un presentimiento? ¿El misterioso presentimiento que se apodera de los sentidos de los hombres cuando van a ver lo inexplicable? ¿Sería eso? ¿Quién sabe?

A medida que avanzaba, se me erizaba la piel y cuando llegué al muro de mi enorme casa, con sus aleros cerrados, sentí que tendría que esperar unos minutos antes de abrir la puerta y entrar. Así que me senté en un banco bajo las ventanas de mi salón. Permanecí allí, un poco vibrante, con la cabeza apoyada en la pared y los ojos abiertos a las sombras del follaje. Durante estos primeros momentos, no noté nada raro a mi alrededor. Sentía algunos zumbidos en los oídos pero eso me ocurre a menudo. A veces me parece que oigo pasar trenes, que oigo campanas, que oigo caminar a una multitud.

Pronto aquellos zumbidos se hicieron más nítidos, más precisos, más reconocibles. Me había equivocado. No era el zumbido ordinario de mis arterias el que introducía esos rumores en los oídos, sino un ruido muy peculiar, pero muy confuso, que procedía, sin duda, del interior de la casa.

Podía distinguir aquel ruido continuo a través de la pared, más una agitación que un ruido, una vaga agitación de un montón de cosas, como si todos mis muebles fueran sacudidos, movidos y arrastrados suavemente.

Dudé durante mucho tiempo de mis oídos. Pero habiéndolo pegado contra una ventana para percibir mejor aquella extraña perturbación en la casa, quedé convencido, seguro, de que algo anormal e incomprensible estaba ocurriendo en ella. No tenía miedo, pero estaba... ¿Cómo decirlo? Desconcertado por el asombro. No saqué el revólver, sabía que no lo necesitaría. Esperé.

Esperé mucho tiempo, sin decidirme a hacer nada, con la cabeza despejada, pero locamente ansioso. Esperé, de pie, inmóvil, escuchando el ruido que crecía, que se hacía, a veces, violentamente intenso, que parecía convertirse en un rugido de impaciencia, de cólera, de misterioso tumulto. Entonces, de repente, avergonzado de mi cobardía, cogí mi manojo de llaves, elegí la que necesitaba, la introduje en la cerradura, le di dos vueltas y, empujando la puerta con todas mis fuerzas, envié la hoja a golpear contra el tabique. El golpe sonó como un disparo de escopeta, y a causa de éste, se produjo un tremendo alboroto de arriba abajo en la casa. Fue tan repentino, tan terrible, tan ensordecedor, que retrocedí unos pasos, y aunque me pareció que seguía siendo inútil, saqué mi revólver de su funda.

Volví a esperar un poco. Entonces escuché un pisoteo extraordinario en los peldaños de las escaleras, en los suelos, en las alfombras, un pisoteo, no de zapatos, de calzado humano, sino de muletas, muletas de madera y muletas de hierro, que vibraban como címbalos. Y he aquí que de pronto vi en el umbral de la puerta un sillón, mi gran sillón de lectura, que salía contoneándose de la casa. Salió por el jardín. Le siguieron otros, los de mi salón, luego los sofás bajos que se arrastraban como cocodrilos sobre sus cortas patas, luego todos mis sillas, con brincos de cabra, y los pequeños taburetes que trotaban como conejos.

¡Oh, qué impresión! Me deslicé en una macizo de flores y me agazapé allí, contemplando todavía este desfile de mis muebles, pues todos se alejaban, uno tras otro, rápida o lentamente, según su tamaño y su peso. Mi piano, mi piano de cola, pasaba con un galope de caballo y un murmullo de música en su costado, los objetos más pequeños se deslizaban por la arena como hormigas, los cepillos, los cristales, las tazas, donde la luz de la luna captaba la fosforescencia de las luciérnagas. Las telas se arrastraban, se extendían en los charcos como los pulpos en el mar. Vi aparecer mi escritorio, una pieza rara del siglo pasado que contenía todas las cartas que he recibido, toda la historia de mi corazón, ¡una vieja historia con la que tanto había sufrido! Y en él también había fotografías.

De repente ya no tuve miedo, me abalancé sobre él y lo agarré como se agarra a un ladrón, como se agarra a una mujer que huye; pero él marchaba con una prisa irresistible, y a pesar de mis esfuerzos, y a pesar de mi cólera, ni siquiera pude frenar su marcha. Mientras resistía desesperado contra aquella fuerza terrible, caí al suelo, luchando contra él. Entonces me hizo rodar y me arrastró por la arena, y los muebles, que le seguían, empezaron a caminar por encima de mí, pisoteando mis piernas y magullándolas; luego, cuando lo hube soltado, los demás pasaron sobre mi cuerpo como una carga de caballería sobre un soldado desmontado.

Loco de terror al fin, pude arrastrarme fuera de la alameda y me escondí de nuevo entre los árboles, para ver desaparecer los objetos más ínfimos, los más pequeños, los más modestos, los más ignorados por mí que me habían pertenecido.

Entonces oí, a lo lejos, en mi vivienda, ahora tan sonora como las casas vacías, un tremendo ruido de puertas que se cerraban. Se cerraron de golpe de arriba a abajo de la casa, hasta que la del vestíbulo que yo mismo estúpidamente había abierto para esta salida, se cerró, finalmente, la última.

También yo huí, corriendo hacia la ciudad, y sólo recuperé la compostura en la calle, encontrándome con gente que se rezagaba. Fui a llamar a la puerta de un hotel donde me conocían. Me había sacudido la ropa con las manos para quitar el polvo y les dije que había perdido mi llavero, que también contenía la llave del huerto donde dormían mis criados en una casa aislada, tras el muro de la valla que protegía mis frutas y verduras de la visita de los merodeadores.

Me tapé hasta los ojos en la cama que me dieron. Pero no podía dormir, y esperé el día, escuchando los saltos de mi corazón. Había ordenado que avisaran a mi gente al amanecer, y mi ayuda de cámara llamó a mi puerta a las siete de la mañana.

Su rostro parecía conmocionado.

—Esta noche ha ocurrido una gran desgracia, señor —dijo.

—¿De qué se trata?

—Le han robado al señor todos los muebles, todos, hasta los objetos más pequeños.

Esta noticia me hizo feliz. ¿Por qué? ¿Quién sabe? Era dueño de mí mismo, seguro de disimular, de no contar a nadie lo que había visto, de ocultarlo, de enterrarlo en mi conciencia como un terrible secreto. Le respondí:

—Entonces son los mismos que me robaron las llaves. Hay que avisar enseguida a la policía. Me levantaré y dentro de un momento me reuniré contigo.

La investigación duró cinco meses. No se encontró nada, ni el más pequeño de mis objetos, ni el menor rastro de los ladrones. ¡Por el amor de dios! Si hubiera dicho lo que sabía... Si lo hubiera dicho... Me habrían encerrado, no a los ladrones, sino al hombre que vio tal cosa.

¡Ah! Supe callarme. Pero no volví a amueblar mi casa. Era inútil. Habría ocurrido una y otra vez. No quise volver. No volví. No volví a verla.

Vine a París, a un hotel, y consulté a los médicos sobre mi estado nervioso que me preocupaban mucho desde aquella noche deplorable.

Me aconsejaron que viajara. Seguí su consejo.

II

Empecé con una excursión a Italia. El sol me sentó bien. Durante seis meses deambulé de Génova a Venecia, de Venecia a Florencia, de Florencia a Roma, de Roma a Nápoles. Luego viajé por Sicilia, tierra admirable por su naturaleza y sus monumentos, reliquias dejadas por los griegos y los normandos. Pasé a África, atravesé pacíficamente ese gran desierto amarillo y tranquilo por donde deambulan camellos, gacelas y árabes vagabundos, donde en el aire ligero y transparente, no flota ningún fantasma, ni de noche ni de día.

Regresé a Francia vía Marsella, y a pesar de la alegría provenzal, la luz menguada del cielo me entristeció. Sentí, al regresar al continente, la extraña impresión de un enfermo que se cree curado y al que un dolor sordo advierte que la fuente del mal no se ha extinguido.

Luego regresé a París. Al cabo de un mes, me aburría. Era otoño y quería hacer, antes del invierno, una excursión por Normandía, que no conocía.

Empecé por Ruan, por supuesto, y durante ocho días deambulé distraído, encantado, embelesado por esta ciudad de la Edad Media, por este sorprendente museo de extraordinarios monumentos góticos.

Ahora bien, una tarde, hacia las cuatro, mientras caminaba por una calle inverosímil por donde corre un río negro como la tinta llamado «Eau de Robec[4]», mi atención, fija por completo en la extraña y antigua fisonomía de las casas, se desvió de repente al ver una serie de tiendas de segunda mano que se sucedían de puerta en puerta.

¡Habían elegido bien su lugar, estos sórdidos comerciantes de cosas viejas, en esta fantástica callejuela, por encima de aquel siniestro arroyo, bajo estos tejados puntiagudos de tejas y pizarras donde aún crujían las veletas del pasado!

---

4 *La calle Eau de Robec, es una de las calles mas famosas y turísticas de Ruan en el centro histórico de la ciudad. Bordeada de casa pintadas de colores con fachadas de vigas de madera, algunas de las cuales datan del siglo XV. Por ella discurre un arroyo, el Robec donde, en la época del relato, los tintoreros de la ciudad solían lavarse las manos dando a la corriente tonos azulados, amarillos y lilas tal y como describe Flaubert en 'Madame Bovary'*

En el fondo de las oscuras tiendas se veían cofres tallados, lozas de Ruan, Nevers, de Moustiers, estatuas pintadas, otras de roble, cristos, vírgenes, santos, ornamentos de iglesia, casullas, capas pluviales, incluso vasos sagrados y un viejo tabernáculo de madera dorada del que Dios se había mudado. ¡Oh, las singulares cavernas de aquellas altas casas, de estas casonas, llenas, desde los sótanos hasta los desvanes, de objetos de todo tipo, cuya existencia parecía terminada, que sobrevivían a sus dueños naturales, a su siglo, a su tiempo, a sus modas, para ser comprados, como curiosidades, por las nuevas generaciones.

Mi afición por las antigüedades se despertó en esta ciudad de anticuarios. Iba de tienda en tienda, cruzando, en dos zancadas, los puentes de cuatro tablas podridas lanzadas sobre la corriente nauseabunda del Eau de Robec.

¡Oh, piedad! ¡Qué estremecimiento! Uno de mis armarios más hermosos se me apareció al borde de una bóveda atestada de objetos y que parecía la entrada a las catacumbas de un cementerio de muebles antiguos. Me acerqué temblando con todo mi ser, temblando tanto que no me atrevía a tocarlo. Acerqué la mano, vacilante. Sin embargo, era realmente él: un armario Luis XIII[5], único, reconocible por cualquiera que lo hubiera visto una vez. Echando una mirada un poco más dentro, hacia las profundidades más oscuras de esta galería, vi tres de mis sillones cubiertos de tapicería en *petit-point*, y luego, más atrás aún, mis dos mesas Enrique II[6], tan raras que la gente venía a verlas desde París.

¡Imaginen! ¡Imaginen el estado de mi alma!

Y avancé, paralizado, agonizando de emoción, pero avancé, porque soy valiente, avancé como un caballero de la edad oscura penetraba en una morada de hechizos.

5 *El estilo Luis XIII abarca los muebles de moda utilizados en Francia durante el reinado de Luis XIII entre 1601 y 1643.*
6 *Estilo Enrique II o Segundo Renacimiento francés son denominaciones del estilo artístico que se dio durante el reinado de Enrique II de Francia (1547-1559)*

Encontré, paso a paso, todo lo que me había pertenecido, mis arañas, mis libros, mis cuadros, mis telas, mis armas, todo menos el escritorio lleno con mis cartas y que no vi.

Me dirigí allí, bajaba a galerías oscuras y luego subía a los pisos superiores. Estaba solo. Llamé, pero no hubo respuesta. Estaba solo; no había nadie en aquella casa vasta y tortuosa como un laberinto.

Llegó la noche, y tuve que sentarme, en la oscuridad, en una de mis sillas pues de ninguna manera quería marcharme. De vez en cuando gritaba: «¡Hola, hola, ¿hay alguien?!»

Sin duda llevaría allí más de una hora cuando escuché pasos, unos pasos ligeros y lentos, no sé de dónde. Estuve a punto de salir corriendo pero poniéndome firme volví a llamar y distinguí una luz en la habitación contigua.

—¿Quién está ahí? —dijo una voz.

Respondí:

—Un comprador.

Replicaron:

—Es muy tarde para entrar así en las tiendas.

Continué:

—Llevo más de una hora esperándole.

—Podría volver mañana.

—Mañana me habré ido de Ruan.

No me atrevía a avanzar y él no venía. Aún podía ver el resplandor de su luz iluminando un tapiz en el que dos ángeles sobrevolaban los muertos de un campo de batalla. También me pertenecía. Dije:

—¡Bueno! ¿Viene usted?

Me contestó:

—Le estoy esperando.

Me levanté y fui hacia él.

En medio de una gran habitación había un hombre muy pequeño, muy pequeño y muy gordo, tan gordo como un fenómeno, un fenómeno espantoso.

Tenía una barba rara, con pelos desiguales, ralos, amarillentos, ¡y ni un pelo en la cabeza! ¡Ni un pelo! Mientras mantenía su vela en alto cuan largo era su brazo para poder verme, su cráneo me pareció una pequeña luna en esta vasta habitación abarrotada de muebles antiguos. Tenía la cara arrugada e hinchada, los ojos imperceptibles.

Regateé por tres sillas que eran mías y pagué una gran suma por ellas en el acto, dando unicamente el número de mi habitación en el hotel. Debían ser entregadas al día siguiente antes de las nueve.

Entonces salí. Me condujo a la puerta con gran cortesía.

Luego me dirigí inmediatamente a la comisaría central de policía y conté al comisario el robo de mis muebles y el descubrimiento que acababa de hacer.

Inmediatamente pidió información por telégrafo a la fiscalía que había investigado el caso del robo y me pidió que esperara la respuesta. Una hora más tarde, recibió una respuesta que me satisfizo bastante.

—Voy a hacer que detengan e interroguen inmediatamente a este hombre —dijo—, porque podría haber concebido alguna sospecha y hacer desaparecer lo que le pertenece. Vaya usted a cenar y vuelva dentro de dos horas, yo le tendré aquí y le haré sufrir un nuevo interrogatorio delante de usted.

—Con mucho gusto, señor. Se lo agradezco de todo corazón.

Fui a cenar a mi hotel y comí mejor de lo que esperaba. De todos modos, me sentía muy feliz. Lo teníamos.

Dos horas más tarde, volví con el oficial de policía que me estaba esperando.

—Bueno, señor —dijo al verme—. No hemos encontrado a su hombre. Mis agentes no han podido dar con él.

¡Ah! Sentí que me desmayaba.

—Pero... ¿Encontraron su casa? —pregunté.

—Fácilmente. Incluso será vigilada y custodiada hasta que regrese. En cuanto a él, ha desaparecido.
—¿Desaparecido?
—Desaparecido. Suele pasar las tardes en casa de su vecina, también vendedora de segunda mano, una extraña bruja, la viuda Bidoin. No lo ha visto esta noche y no puede dar ninguna información sobre él. Debemos esperar hasta mañana.

Me marché. ¡Ah!, Que siniestras, inquietantes, y encantadas me parecían las calles de Ruan.

Dormí muy mal, con pesadillas durante los ratos de sueño.

Como no quería parecer demasiado inquieto ni ansioso, esperé hasta las diez del día siguiente para ir a la policía.

El comerciante no había regresado. Su tienda permanecía cerrada.

El comisario me dijo:

—He tomado todas las medidas necesarias. La fiscalía lo sabe todo; iremos juntos a esa tienda para que la abran y usted me indicará todo lo que sea suyo.

Un cupé nos llevó. Algunos agentes estaban apostados con un cerrajero delante de la puerta de la tienda que estaba abierta.

Cuando entré, no vi ni mi armario, ni mis sillones, ni mis mesas, ni nada, nada de lo que había amueblado mi casa, pero nada, mientras que la noche anterior no podía dar un paso sin encontrarme con alguno de mis objetos.

El comisario jefe, sorprendido, me miró al principio con desconfianza.

—Dios mío, señor —le dije—, la desaparición de estos muebles coincide extrañamente con la del comerciante.

Sonrió:

—¡Así es! Ayer se equivocó al comprar y pagar sus propios objetos. Eso lo puso en alerta.

Continué:

—Lo que me parece incomprensible es que todos los lugares ocupados por mis muebles estén ahora ocupados por otros.

—¡Oh! —respondió el comisario—, tuvo toda la noche, y sin duda cómplices. Esta casa debe comunicarse con las vecinas. No se preocupe señor, que me interesaré muy activamente por este asunto. El ladrón no se nos escapará por mucho tiempo, puesto que estamos vigilando la guarida.

¡Ah! Mi corazón, mi corazón, mi pobre corazón, ¡cómo latía!

....

Me quedé quince días en Ruan. El hombre no regresó. ¡Dios mio! ¡Dios santo! ¿Quién podría sorprender o humillar a ese hombre?

Ahora bien, el decimosexto día, por la mañana, recibí de mi jardinero, guardián de mi casa saqueada y que seguía estando vacía, la siguiente carta extraña:

«*Señor,*

Tengo el honor de informar al señor, que anoche ocurrió algo que nadie entiende, y la policía menos que nosotros. Todos los muebles han vuelto, todos sin excepción, todos, hasta los objetos más pequeños. La casa está ahora igual que la víspera del robo. Es para perder la cabeza. Ocurrió la noche del viernes al sábado. Los caminos del jardín están destrozados, como si hubieran arrastrado todo desde la verja hasta la puerta. También fue así el día de la desaparición.

En espera del señor, de quien soy su más humilde servidor.

Raudin, Philippe».

¡Ah! No, ¡ah! Pero si que no, ¡ah! No. ¡No volveré allí!

Llevé la carta al comisario de Ruan.

—Es una restitución muy hábil —dijo—. Hagámonos los muertos. Atraparemos al hombre uno de estos días.

. . . .
Pero no lo atraparon. No. No lo atraparon, y ahora le tengo miedo, como si fuera una animal feroz que anda suelto detrás de mí.

¡Imposible de encontrar! ¡Ese monstruo de cráneo de luna imposible de rastrear! Nunca lo atraparemos. Nunca volverá a su tienda. ¿Qué le importa? Sólo yo puedo encontrarle y no quiero.

¡No quiero! ¡No quiero! ¡No quiero!

Y si vuelve, si regresa a su tienda, ¿quién podrá probar que mis muebles estaban allí? Sólo queda mi testimonio contra él, y puedo sentir que se vuelve suspicaz.

¡Ah, pero no! Aquella existencia no era ya posible. Y no podía mantener en secreto lo que había visto. No podía seguir viviendo como los demás temiendo que aquellas cosas volvieran a ocurrir.

Acudí al médico que dirige este sanatorio y se lo conté todo.

Después de interrogarme un buen rato, me dijo:

—¿Consentiría usted quedarse aquí un tiempo?

—Con mucho gusto, señor.

—¿Tiene dinero?

—Sí, señor.

—¿Quiere una pabellón aislado?

—Sí, señor.

—¿Querrá usted recibir amigos?

—No, señor, no, a nadie. El hombre de Ruan podría atreverse a perseguirme aquí para vengarse.

. . . .

Y estoy solo, solo, completamente solo, desde hace tres meses. Estoy más o menos tranquilo. Sólo tengo un temor... Si el anticuario se volviera loco... y si lo trajeran a este manicomio... ¡Ni las propias prisiones son seguras!.

L'Écho de Paris, 6 de abril de 1890

Printed in Poland
by Amazon Fulfillment
Poland Sp. z o.o., Wrocław
18 April 2023

8e3e602b-41e4-4adc-b231-684a00f39668R01